U0040221

英明的惡龍閣下與稍微堪用的契約者
02
林落——著
高橋麵包——繪

序章

紅土曆七百九十二年，帕米爾帝國建國元年。

帝都格菲爾城內到處大興土木，整建修葺因建國之役受損的建築。居民們都充滿朝氣地勤奮工作著，一片欣欣向榮的氣息。

在中軸廣場和王宮之間的區域，有棟比旁邊的建物大上數倍的房屋，屋子被花園包圍著，增添了綠意，像是哪位豪奢貴族的產業。

令人意外的是，屋內的裝潢與擺設卻沒有奢靡的氣息，布置簡潔的書房裡，有個棕髮男子表情複雜地看著桌上的兩塊魔法石。

「阿爾法特，原來你在這裡！」

聞聲，棕髮男子訝異地望向書房門口：「亞瑟？你怎麼每次都不敲門？」

「我敲了，但你沒回應，再加上門沒鎖一推就開，我才自己進來的。」亞瑟熟門熟路地找了張椅子坐下，還替自己倒了杯水。

「真說不過你。」阿爾法特搖搖頭，他倒也不是真的要和亞瑟計較。

「我這趟可是帶足了賀禮，都放在大廳了，如果你還缺什麼就派人和我說一聲，我一定讓人幫你處理好。」亞瑟自顧自地說了一串話後，注意到好友一臉疲憊，便關心地問：「怎麼了？你看起來很累的樣子。」

阿爾法特嘆了一口氣，癟著嘴說：「我剛才錄了一段給後代的話。」

「你總算下定決心了。」亞瑟瞧了眼阿爾法特桌上的魔法石，深沉的目光似乎正算計著什麼，卻在阿爾法特抬頭前迅速收起，若無其事。

「本來以為那個誓約不會實現，可是看到孩子的臉後，我才發現自己錯了。」

「哈哈，畢竟那時候沒人覺得瑪莉會嫁給你，更沒想到你會有後代。初為人父的感覺如何？」亞瑟揶揄道。

建國勇者的臉上沒有任何笑意，他煩悶地抓著已經夠亂的棕色頭髮，悶聲說：「我真是個任性的長輩！不知道我的子孫會不會怪我？」

「他會理解的。」亞瑟語氣輕柔卻堅定，試圖說服好友。

「法洛也是嗎？」

「他會的。別想太多了，他不一定會醒來，就算醒來，也不一定會遇上你的後代。」亞瑟說完，換了個話題緩和氣氛，「瑪莉和孩子還好嗎？」

「雖然生產時吃盡了苦頭，不過多虧光明神的庇佑，總算平安順產。」說到孩子，阿爾法特的臉上才浮現一絲笑意，「你是來探望她和孩子的吧？」

「是啊，等等我還得回去監督格菲爾城內的防禦工事。」

「防禦工事？不是在整建受損的房舍而已嗎？」

「還記得我們在王宮裡發現的上古卷軸嗎？裡面記載了一個有趣的魔法陣，這是計畫的一部分。」說著，亞瑟又看了一眼桌上的魔法石。

阿爾法特揉了揉臉頰，閉上眼，選擇沉默。

第一章　半調子龍族的困擾

豔陽當空，光明神的光輝慈愛地普照紅土大陸，然而太過慈愛了，讓人有些消受不起。

「熱死了。」法洛皺著眉，不悅地抱怨。

看來這樣的氣溫是連龍也無法忍受的——這是來自傳說中惡龍的僕人，呃，現在還身兼朋友的希爾的內心想法。

「英明的法洛閣下，您不是剛喝過冰涼的蘋果汁嗎？」

雖然在上學期的實作課考核後，高貴的龍族和平凡的人類建立了友誼，法洛仍堅持私底下的稱謂不可以變動。於是，希爾當作自己交了一個名字特別長的朋友，沒怎麼掙扎便接受了。

畢竟法洛爲了救他而失去了一半的生命力，口頭上稍微退讓也沒什麼，就視爲馴化傲嬌龍族的必經過程吧？

「一小瓶蘋果汁怎麼夠？」

也是，對一隻龍來說，一瓶蘋果汁恐怕只夠塞牙縫。希爾點點頭表示理解，不過依然繼續往行政樓的方向走：「我們去完校長室再去買蘋果汁吧。」

「那老頭眞煩，爲什麼他一句話我們就得在這種天氣去找他？」

「因爲他是校長。」希爾雖然也感覺燠熱難耐，可身爲帕米爾帝國的子民，這是他經歷的第十七個夏天，早已習慣了。他一邊擦著額上的汗，一邊向拖著腳步慢吞吞走在後頭的法洛說：「大概是開學第一天，有什麼事情要交代。」

「心機重的老頭，他說的話我才不想聽。」法洛滿臉抗拒。

希爾知道，法洛八成還記恨著被校長騙進眞實之境，因此暴露原形的事，只好無奈地笑了笑：「我覺得校長人滿好的呀！」

校長室位於行政樓的頂樓，法洛和希爾踩著老舊的木板樓梯，在吱呀聲中爬到了最高層。

眼前只有一道看似通往雜物間的門，一點也不像堂堂帕米爾帝國學院校長的辦公室。希爾忍不住問：「眞的是這裡嗎？」

法洛目光一掃，在地上發現一塊掉在地上的破舊木板，指著它道：「我第一次來的時候也懷疑過，不過當時那個牌子至少還掛在門上。」

希爾撿起木板翻過來一看，「校長室」三個字映入眼簾。

「眞的是校長室。」

希爾試著把木板掛回門上，但是釘子生鏽了，掛了好幾次都沒能成功。

「人類就是笨手笨腳。」傳說中的惡龍看得不耐煩，一把將希爾手裡生鏽的鐵釘搶走，握在手心，一會後打開，一枚嶄新的鐵釘出現在手心上。

「哇！怎麼辦到的？」

法洛勾起嘴角，得意地抬了抬下巴：「這有什麼難的。」

「難道是時間魔法？不要在這種小事上消耗大量魔力啊！」

「耽誤我喝蘋果汁的事都是大事。」法洛拿過木板貼著門扉，用手中的鐵釘看似輕鬆地一按，寫著「校長室」的木板便重新被釘回門上。

希爾看著那歪斜得十分厲害的木板，委婉地提醒：「木板是不是有點歪？」

「是嗎？我認爲這樣很好。」法洛對著自己的傑作壞笑，明顯是故意的。

希爾一時語塞，無奈地放棄了指正惡龍閣下。

敲門獲得允許入內後，希爾驚訝地發現裡面是出乎意料的景象，想必又是空間魔法。

微風徐徐吹來，帶走了兩人身上的暑氣，一隻隻五彩斑斕的雀鳥飛過他們身邊，不遠處有一潭明鏡般的湖泊，湖泊四周被楓樹圍繞，林下有一張古老的橡木書桌、一張長背椅，和一座書櫃。樣式典雅的書桌上四散著書籍與雜物，校長科米恩就坐在桌前，拿著羽毛筆專注地批閱文件。

聽見聲響，校長抬頭朝兩人露出和藹的微笑：「法洛、希爾，太好了，你們來了。」

「和我上次來的時候不一樣。」法洛對眼前的景色很感興趣，伸手抓了一隻雀鳥研究，被抓住雙爪的鳥兒驚慌失措地猛拍翅膀。奇妙的是，隨之落下的五彩羽毛一碰到地面，便消失無蹤。

希爾不忍心看雀鳥掙扎，趕緊對法洛說：「這樣做不太好吧？牠看起來不喜歡的樣子。」

「有什麼關係？又不是眞的。」法洛雖然這麼說，仍是放開了手。重獲自由的鳥兒逃也似的從法洛手上飛走，繞了一圈後停在希爾肩上，親暱地用頭蹭了蹭希爾的臉頰。

希爾不懂法洛的意思，但此刻他被雀鳥逗得開心地直笑，也就沒有多問，倒是科米恩回應了法洛的話：「我已經習慣每次進來這裡景象都不太一樣，只要找得到東西就好。」

「每次進來景象都不一樣？」希爾疑惑地問。

身爲教育者，科米恩相當有耐心地說明：「與眞實之境不同，這裡的景象會毫無規律地變換，又稱作『虛妄之境』，和圖書館、眞實之境並列爲學校裡的三大空間魔法。」

「原來這些東西都不是眞的……」

「我想，應該也可以是眞的。」法洛摘了片楓葉，校長面帶微笑，沒有反駁。

「不是眞的，也可以是眞的？」希爾更困惑了，他喃喃的同時伸手輕柔撫摸肩上的雀鳥，雀鳥安分地蹲伏著，乖巧地旁聽三人的對話。

傳說中的惡龍盯著那隻備受寵愛的鳥，有點不是滋味，隨即單刀直入地質問科米恩：「老頭，你把我們叫過來做什麼？」

「哎呀，才說個兩句就不耐煩了，活了千把歲不是應該要更有耐心一點？」科米恩說完，笑著指了指楓樹林下那幾塊平滑圓潤的石頭，「過去坐著說吧。」

見法洛垂下嘴角，顯然不太高興，希爾連忙低聲安撫：「校長是開玩笑的，你別在意。」

傳說中的惡龍這才按捺住脾氣，和希爾一起走到楓樹林下。

兩人坐定後，校長不知從哪裡端出了熱騰騰的甜栗子茶，以及幾片香甜的蘋果派，看得希爾口水直流，就連一臉不情願的法洛在見到甜點後，臉上的表情也柔和起來。

「孩子們，都吃點吧。」

「老頭，你憑什麼叫我孩子？」對於自己和希爾一樣被歸類爲孩子，法洛不是很滿意。

「龍族滿千歲才成年，而且你是我的學生，我叫你孩子沒什麼不恰當。」科米恩仍是一副長者風範，「好吃嗎？」

「還可以。」法洛嘴上這樣說，但早已把一片蘋果派吃個精光，還意猶未盡地舔舔嘴唇，校長見狀便把自己那片也給了法洛。

科米恩啜了一口茶：「上學期結束得匆忙，沒來得及向你們好好道謝。」

「要是眞的覺得感激，就拿出點好東西當作報酬吧！」法洛不客氣地享用起校長的那份蘋果派，說完瞥了一眼手上的甜點，又補充，「這個不算。」

希爾正在把蘋果派碎屑分給肩上的雀鳥，聽了校長的話，他立刻轉過頭不好意思地說：「我、我不用，我沒幫上什麼忙。」

兩人的反應截然不同，科米恩呵呵笑了：「我有一把鑰匙，放在這裡很久了，都沒用到，既然它看起來很喜歡希爾，不如就給你吧。」

若是人或者動物還可以理解，被鑰匙喜歡是怎麼回事？希爾瞠大了眼睛，偏頭問：「鑰匙？」

「就是牠。」校長的手撫上希爾肩頭那隻有著五彩羽毛的雀鳥，雀鳥溫順地低下頭，羽毛散發出柔和光芒，轉眼變成一把古樸典雅的長柄鑰匙，落在科米恩手中。

希爾大吃一驚：「牠不是鳥嗎？怎麼變成鑰匙了？」

「都說是虛妄之境了，在這裡看到的東西不要太當眞。」法洛並不介意在這時候展現自己的智慧。

希爾似懂非懂地點頭，校長笑咪咪地把鑰匙放在希爾手上：「這把鑰匙能打開你曾經去過的地方，相信你能妥善地使用它。」

「這個我用不到，還是還給您吧。」希爾伸手要把鑰匙交還給校長。

「他要送，你就收下。」法洛把希爾的手拉回來，「好東西留著總會用到。」

希爾愣了半晌，才默默把鑰匙收進口袋裡。

「那你要送我什麼？」

「沒有。」

「沒有？」法洛簡直要懷疑自己聽錯了，「沒有我，你那些學生不可能一個也不少地從坦頓回來。」

「這麼說也沒錯。」校長故意露出捨不得的表情，一副勉爲其難的樣子，「那只好也送你一樣道具了。」

科米恩在地上隨手撿了顆小石頭，遞給法洛：「這個就送你了。」

法洛看著那顆石頭，目光嫌惡，但又不確定其中是否暗藏玄機：「這是什麼？」

「發信器，如果遇到危險就對著它呼救，我會盡快去救你。」

「我不需要。」法洛斷然說。

「哦？」

「不過很適合給希爾。」法洛把小石頭塞給希爾。

希爾順從地收下，他仔細端詳了好一會，忍不住問校長：「這個發信器的眞實樣貌是什麼呢？」

「如你所見，就是一顆石頭。」校長眨了眨眼。

「咦？」希爾呆呆地注視手上的尋常石頭，一邊告訴自己校長不會騙人，一邊收進口袋，和鑰匙放在一起。

之後，科米恩又和他們聊了些話題，詢問兩人暑假做了些什麼，以及畢業後的等級考試與就業方向等等。

「雖然我的目標是成爲魔法公會的文職人員，但還是會先參考法洛的意見，畢竟我們說好了要去遊歷紅土大陸。法洛，你說呢？」希爾順口問了法洛，卻遲遲沒等到回答。他轉頭去看法洛，英明的惡龍閣下已經閉上眼睛，靠著楓樹睡著了。

「法洛？」希爾在法洛耳邊輕喚，然而惡龍閣下沒有醒來的跡象，於是他只好向校長解釋，「抱歉，法洛這陣子精神都不是很好。」

「最近經常如此？」一隻龍的體力比魔法學徒差，是件不太正常的事。

「自從坦頓山脈的事件過後，他常常像這樣無預警地睡著，而且總是睡得很沉。」希爾的神情有些擔憂。

校長仔細地爲法洛做了檢查，片刻後才道：「看來是因爲生命力缺失了一半，所以身體會自動進入睡眠。這是龍族的自癒模式，過一段時間就好了，沒有關係。」

「那就是因為我的緣故了。」希爾自責地說。

「孩子，龍族待人看似冷淡，其實比人類更重感情。如果你對他好，他會十倍對你好，別為此過意不去。」

聽了校長的話，希爾感覺胸口有塊地方溫暖而疼痛著。他握緊拳頭，下定決心似的說：「我、我一定會對他更好！」

科米恩的笑容依然慈愛，語重心長地提醒：「一定還會有人問起法洛突然睡著的事，為了他的安全著想，你必須隱瞞真正的原因。」

希爾認真地點了點頭。

開學日這天，二年級的學生們除了敘舊，就是在談論新任的魔法理論課教授。

「聽說魔法理論換教授了？」

「對啊！新來的教授叫凡諾斯，之前是王室的宮廷魔法師呢。」

「為什麼要放棄宮廷魔法師那麼好的工作？」

「有人問過凡諾斯教授這個問題，他說是為了茉莉教授的美貌而來的。」

「咦？難道善良又美麗的茉莉教授要淪陷了嗎？」

「放心，茉莉教授否認被凡諾斯教授追求這件事了。」

當然，也有不少人談論著離開的賴利教授。

「我還是喜歡賴利教授，長得帥又有氣質，不能再見到他實在太可惜了。」

「聽說是帶生病的妻子去南方休養了。」

「賴利教授對妻子真好，深情又帥氣的男人最有魅力了。」

在前往教室的路上，法洛和希爾不時聽到這類對話。

傳說中的惡龍哼了一聲，無法苟同地表示：「人類就是喜歡掩蓋事實。」

「也不能這麼說，校方大概是擔心造成大家的恐慌吧？要是傳出學院的教授居然製造了不死生物，肯定會人心惶惶的。」身為知情人士之一，希爾能體諒校方的處理方式。

「那老頭是怕自己的職位不保吧。」

「不會吧？校長人很好的，昨天還非常親切地幫忙送你回宿舍。」

「什麼？他是怎麼送我回來的？」法洛臉色一變，立即質問希爾。

希爾頓了頓，覺得還是不要老實告訴法洛，科米恩是讓自己心愛的寵物送他回宿舍的。

「呃……總之就是安全地送回宿舍了。」希爾不想說謊，但他想破了腦袋也只能想出這個避重就輕的回答。

法洛狐疑地盯著希爾：「你是不是瞞著我什麼？」

這時候，幾個同班同學看見他們，友善地靠過來打招呼。自從上個學期末法洛救了大家後，大家就對這位面冷心善的同學友好了起來。

「法洛，你還好嗎？聽說昨天是一隻羊駝送你回宿舍的？」

「羊駝？是那隻最討厭洗澡的羊駝嗎？」

「對啊，學校裡也就只有那隻羊駝，我記得是校長養的，好像叫做雪花？」

「沒錯！我們私底下幫牠取了一個綽號叫臭襪子。」

「不過你身上沒有奇怪的味道，應該是洗過澡了吧？」

同學們你一言我一語，法洛的臉色越來越難看，終於忍不住轉身往回走。

希爾跟在後頭急急地問：「法洛，你要去哪裡？」

「我認為有必要回去多洗幾次澡！」

「等等，可是要上課了啊！」希爾慌亂間拉住法洛魔法袍的袖子，哄小孩般地堆起笑容，「等等下課我們馬上回宿舍，我會負責去買很多蘋果汁，到時候你洗完澡就可以喝，好嗎？」

於是過了一會，接受賄賂的惡龍閣下臉色不佳地坐在教室裡，身邊的希爾殷勤地幫他打開課本。

升上二年級，魔法與應用課也進展到中階的部分，因此課本換成了《中階魔法與應用》。

留著帥氣小山羊鬍的卡洛特教授精神奕奕，對學生們喊話：「很開心所有同學都通過了坦頓山脈的考驗，順利升上二年級！有了一年級學習到的基礎，我們這堂課會增加一點難度，讓大家學習中階魔法。」

「我們可以開始練習中階魔法了？」一名同學雀躍地問。

「是的，不過在那之前，我們必須先複習初階魔法，每一個中階魔法都是初階魔法的延伸。」卡洛特教授舉起雙手，示意大家稍安勿躁，「作為火球術的預習，我們先來練習火焰術，一樣是把蠟燭點燃，相信大家已經非常熟練了。」

卡洛特教授一說完，坐在前排的海曼立即點上了蠟燭，又快又準，其他人見狀也紛紛動作。

希爾深吸一口氣，平撫內心的緊張。火焰術他也很熟悉了，雖然打從這個暑假起，他練習魔法時就有個困擾，但眼下也只能先做了再說。

希爾認真地集中精神，感受著空氣中火元素精靈的波動，用精神力將元素精靈集中在蠟燭的燭芯。即使元素精靈的數量好像有點太多，內心隱隱不安的他仍唸出咒語：「卡特納拉，美麗的炎之化身，請展現你的姿態！」

火焰迅速冒出，點燃了燭芯，隨後不受控制地擴大再擴大，燒融了蠟燭、燒毀了擺放蠟燭的檯子，一發不可收拾。當希爾驚覺熱氣撲面，火焰就快要蔓延過來的時候，一隻有力的手臂從旁拉著他退了幾步，接著卡洛特教授高喊一句「大家先出去，這場火交給我處理」，其他同學便也一個個趕緊退到教室外。

「你想燒掉自己嗎？」法洛的眼中流露出明顯的擔憂。

「我也不曉得發生了什麼事……元素精靈突然和我變親近了？」希爾被自己的「成果」嚇著了，這些火元素說不定超過了施展中階魔法需要的量，達到了高階魔法的程度。

法洛探查著希爾身上殘留的魔法波動，皺起眉頭：「你現在感知變好了，可以聚集更多的元素精靈，可是用以控制魔法的精神力並未跟著提升。」

「那我該怎麼辦？」

面對希爾的虛心求教，法洛沒有藏私，大方地給予建議：「在精神力提升之前，你得學會保留實力，不要每次使用魔法都想集中最多的元素精靈。」

「保留實力？」希爾似懂非懂，畢竟這是他從沒想過的事。以前的他無論如何努力，都只能勉強達成施展魔法的基本要求，如今居然不必全力以赴了。

「因爲龍族是魔法感知最優秀的種族。」法洛驕傲地抬起頭。

言下之意便是，受惠於得到龍族的一半生命力，希爾也連帶擁有了極佳的魔法感知。

「還有，既然你的感知已經夠用了，就不需要再戴著增幅手環，如果你還想讓魔法失控的話另當別論。」

「難道這場火……」希爾尷尬地瞧著自己的手腕，手環是納特借給他的。

「沒錯，那個手環也幫了大忙。」法洛拍拍希爾的肩，「雖然對於增加精神力有些幫助，但增幅手環主要的功用還是魔法增幅。」

那差點把教室給燒掉的火焰，被卡洛特教授用高階水系魔法「暴雨術」撲滅了，然而驟然降下的暴雨澆熄火焰後，並沒有馬上停止，好好的一間教室頓時弄得像座游泳池，水面漂浮著課桌椅和練習用的道具，完全是風災過後的景象，幸好學生們早已撤離教室。

可憐的卡洛特教授狼狽地從水淹及胸的教室裡涉水走出，身上的高級訂製魔法袍溼淋淋的，衣角除了有被火燒灼的痕跡，似乎還沾上了不明汙垢。他看了看自己，又看了看教室，最後看了看學生們，無奈地宣布：「沒想到開學第一天就……唔，出了點意外，看來是沒辦法繼續上課了。大家下課吧！」

學生們正準備依言解散，卡洛特教授又叫住剛剛肇事的學生：「那位同學，你叫什麼名字？」

全班同學的視線都集中在希爾身上，希爾羞愧地垂下頭回答：「希爾。」

「希爾同學，你居然能聚集那麼多火元素精靈，很有潛力。不過在你的精神力成長到足以控制前，可別再這麼玩了。你留下來，負責整理教室。」

棕髮少年溫順地應聲：「是。」

一旁的法洛望了眼氾濫成災的教室，又瞧瞧必須收拾殘局的希爾，臉上雖然露出不情願的表情，仍對忠誠的僕人說：「我也留下吧。」

「抱歉，因爲我的關係……」希爾一臉愧疚，搖了搖頭，「你先回宿舍吧，這裡交給我就好。」

法洛沉默半晌，嫌棄地質問希爾：「你知道怎麼用魔法處理那些水嗎？你不會是想傻傻地一桶一桶把水撈乾吧？」

希爾瞪大眼睛，然後眨了眨，顯然沒想過這個問題。不久，他才猶疑地問：「大概也只能這樣了？」

「你去幫我買瓶蘋果汁，我就幫你處理那些水。」法洛提出條件，但條件的內容明顯對希爾有利，畢竟他平常本來就要幫法洛買蘋果汁。

明白法洛是一片好意，希爾笑逐顏開，滿懷感謝地說了聲：「謝謝。」

於是，除了必須打掃教室的希爾與法洛，同學們紛紛散去。

經過一個暑假，態度依舊傲慢的海曼臨走前刻意脫離好友們的隊伍，在經過法洛和希爾身邊時開口奚落：「眞是災難。」

法洛卻贊同了海曼的說法，點點頭：「的確如此。」

見嘲諷沒有得到預期的結果，海曼鬱悶地離開了。

而這時候，法洛後援會的小蝴蝶們一個個站了出來。

「讓我們也一起幫忙吧！」

「是啊！會長有難，我們怎麼可以視而不見？」

「會長剛剛的超巨大火焰術肯定是法洛親自調教的成果！」

「沒想到魔法超弱的會長經過一個暑假的訓練，就能有這麼大的進步！」

「法洛，我們也想要被你指導，可以透露施展魔法的祕訣嗎？」

英明的法洛閣下對於小蝴蝶們的熱烈追捧感到很開心，他偏著頭，像是在仔細思考：「施展魔法的祕訣？大概是因為我喜歡喝蘋果汁吧。」

「蘋果汁嗎？」一名小蝴蝶馬上寫下筆記，接著提問，「但會長能進步這麼多，應該是還多做了些什麼吧？」

「希爾嗎？」傳說中的惡龍轉頭看了看希爾，陷入沉思，片刻後回答：「我想他會進步那麼多，是因爲經常去買蘋果汁的關係。」

「原來如此！」

「那我從今天開始也要去買蘋果汁！」

「對了，一定要蘋果汁嗎？柳橙汁可以嗎？」

法洛瞧了一眼提出問題的小蝴蝶，正色道：「不行，一定要蘋果汁。」

看著認眞抄筆記的女同學們，希爾的內心是崩潰的，他只想吶喊——大家千萬不要相信啊！

在眾人的同心協力下，淹水的教室很快在幾個小時內清理完畢。

法洛首先施展了空間魔法，把整個教室的水倒進某個不知名空間，接著聚集大量的火元素精靈，烤乾了課桌椅和教具，然後就擺出「我累了，接下來不干我的事」的表情，坐在一旁喝希爾買來的蘋果汁，悠閒地監督希爾和小蝴蝶們整理教室。

在這個事件之前，希爾被稱作「法洛後援會會長」、「法洛身邊的那個人」，總是和法洛脫離不了關係。

如今經過口耳相傳，全校師生都曉得魔法學院有個二年級學生差點把教室燒了。

「那個差點燒掉教室的人」成了希爾的最新代名詞。

就連在中階魔法理論的課堂上，新來的凡諾斯教授也眨著迷人的綠眼睛，推了推鼻梁上的細框眼鏡，興致勃勃地詢問：「聽說你們班有位同學差點把教室燒掉，可以認識一下嗎？」

同學們面面相覷，最後視線都落在希爾身上。

尷尬無比的希爾乖乖舉手：「是我，希爾。」

「希爾同學，請分享一下你是怎麼做到的，好嗎？」有著銀灰色頭髮的教授問完，過了幾秒才注意到希爾的侷促，連忙又澄清，「我沒有惡意，你就當作這是學術討論。」

有這樣的學術討論嗎？凡諾斯饒有興致的表情和看到有趣玩具捨不得放手的小孩差不多。但教授都這麼說了，希爾也只能認眞回答：「我不是故意的，我只是和以前一樣，在施術前聚集起空間裡的火元素精靈，要說有什麼不同的話，就是能感知到的元素精靈突然變多了。」

「你可以示範一次嗎？」凡諾斯滿臉興奮，教室裡的同學們卻是滿臉驚恐，立刻一手抓向書包，做出隨時準備要逃的動作。

「教授，這樣不太好吧？」察覺同學們的反應，希爾在心裡苦笑。他當然不想重演差點燒掉教室的慘劇，況且他也不清楚凡諾斯的水系魔法是否和卡洛特一樣熟練，能即時撲滅火勢。

整理淹水的教室眞的很累啊！

凡諾斯教授後知後覺地發現學生們的不安，這才收起玩心，輕咳一聲，正經地表示：「我當然是開玩笑的。」

希爾懸起的心剛放下沒多久，就聽見凡諾斯笑著對他說：「下課後來我的研究室一趟吧，我可以給你一點私人建議。」

「好的。」希爾只得應下。

法洛原本正無聊地偷翻墊在課本下的旅遊書，聞言頓時不悅地皺眉，轉頭告誡希爾：「這次不要再被奇怪的人騙了。」

「凡諾斯教授應該不是……」壞人？話還沒說完，希爾便想起賴利教授，本來也沒人覺得學識淵博、溫文和善的賴利教授會是亡靈法師。於是他改口：「我會注意的。」

接替賴利成為新任魔法理論課教授的凡諾斯，自然一併接收了賴利的研究室。由於上學期後半被處罰做勞動服務，必須替賴利整理研究室，因此希爾對這間研究室相當熟悉。

賴利重視秩序，研究室裡的物品總是整理得有條不紊，希爾來執行勞動服務時常不曉得自己該做什麼，只好把已經一塵不染的桌面和櫃子擦了又擦，然後檢查櫃子裡的書是否按照字母順序擺好——基本上這就是打發時間，因為那些書的順序從來沒有亂過。

而凡諾斯不同，除了不重視外表的打理，略長的銀灰頭髮總是鬆鬆地綁在腦後，增添睿智氣息的細框眼鏡鏡片灰撲撲的，像是從來沒擦過之外，他與賴利迥異的風格也體現在研究室的擺設上。

曾經寬敞明亮的研究室如今隨處擺滿了書籍、道具，以及眾多私人物品，比如吃了一半的燕麥麵包、不知從哪裡撿來的破靴子、一箱顏色詭異的藥劑、一個塞滿羊皮紙捲的麻布袋等等。

希爾站在研究室門口，望著一屋子的雜物，誠心認爲眞正需要幫忙整理研究室的人絕對是凡諾斯。

雖然研究室的大門敞開著，基於禮貌，他還是敲了敲研究室的門：「教授，我來了。」

凡諾斯在一座書堆後招手，探出頭來：「隨便坐。」

希爾環顧四周，找不到落坐的地方。

發現希爾的窘境，凡諾斯隨手將旁邊的一疊書搬開，露出藏在裡面的椅凳，指了指：「坐這裡吧？」接著，他把手上的書疊到另一座已經搖搖欲墜的書堆上。

希爾老實地坐下：「教授，您找我來有什麼事呢？」

「希爾同學，首先，你要相信我對你沒有惡意，你要是遇到任何事情都可以跟我說。」凡諾斯清了清喉嚨，抓起希爾的手，神情眞誠。

「好、好的。」希爾感受著凡諾斯手心傳來的溫度，不曉得該不該抽回自己的手，他是第一次面對如此親切熱情的老師。

「你身上有發生過什麼事嗎？或者遇見了什麼特別的人？感知突然暴增，我還沒聽說過這種事呢。」凡諾斯呵呵地笑，眼裡卻閃過一絲精光，和初見時的大剌剌形象判若兩人。

希爾被看得渾身不自在，賴利事件的教訓在前，他沒笨到把自己接收了法洛一半生命力的事據實以告，只好裝傻：「我、我不知道啊，也許是光明神的恩賜吧！」

「這樣啊，我也是光明神的信徒呢。」凡諾斯收起銳利的眼神，不置可否地笑了笑，轉身從某個雜物堆裡找出一條銀項鍊。

「你對元素精靈擁有優異的感知，只要專注鍛鍊精神力，魔力很快就可以成長。戴著這條項鍊冥想對精神力的增長有幫助，送給你。」

「謝謝教授，可是這麼貴重的東西我不能收。」法洛的警告言猶在耳，希爾謹慎地婉拒了。

「不用擔心，這個東西對你沒有害處。要不然我立一個誓言咒？」說完，凡諾斯就在希爾面前立下誓言咒，保證項鍊不會傷害希爾以及任何人。

而後，凡諾斯笑著問：「這樣可以嗎？」

堂堂一個學院教授做到這個地步，如果希爾再推辭就太失禮了，他只得接過項鍊戴上並致謝：「謝謝教授。」

若帕米爾帝國學院要舉辦「最受歡迎的教授」票選，那麼第一名肯定是茉莉教授。這位開朗又美麗的女老師，無論是對待學生或魔物都充滿愛與耐心，由她所執教的魔物學更深獲好評，不僅每週都可以輕鬆地認識各種魔物，作業量也適中，不會造成太大的負擔——必須寫兩份作業的希爾例外。

「各位同學，恭喜你們升上二年級。去年課堂上介紹的魔物各有特色，且不具攻擊性，認識牠們對於在野外冒險有很大的幫助，而新的學年將介紹稍有攻擊性，但對人類抱持善意的魔物，有的冒險隊伍也會馴養。」茉莉教授的高階魔法袍下，是格菲爾目前最流行的小碎花連身洋裝，襯托出她高䠷纖細的身形。她帶著笑容，親切地對在草地上席地而坐的學生們說明課程。

「老師，那些魔物眞的不會攻擊人嗎？」

「你們放心，在課堂上和大家互動的魔物，都是同族裡相對溫馴的。來，我們今天要介紹鷹尾獸。」

茉莉把食指彎曲放在嘴裡，吹了下口哨，清亮的哨音還在學生們耳中迴盪，一道老鷹大小的影子已經從獵場的森林裡急飛而來，準確地停在茉莉教授的肩上。

「牠叫疾風，最喜歡被輕輕摸背。」茉莉教授邊說邊示範，只見原本眼神凌厲的疾風在茉莉教授的撫摸下，舒服地瞇起眼睛，還發出「咕咕」的聲音。

「長得和雞差不多嘛。」待在最後一排的法洛大方地和希爾分享自己的觀察心得。

「不要說出來！」感覺到幾道目光射來，希爾急忙更正，「不是，我是要說上課不要聊天啊！」

茉莉教授沒有聽見兩人的對話，仍舊認眞講課：「鷹尾獸有著鳥類特有的喙和爪，外型和蒼鷹相似，頗具靈性。牠們視力極佳，常用以協助偵查，是冒險者的眼睛。鷹尾獸的飛行速度是普通鷹類的十倍，且能使用風屬魔法，遭遇攻擊時一般會使用風刃。」

茉莉說完，看了看學生們：「和之前一樣，兩人一組排成隊伍，大家可以過來和疾風互動，摸摸牠的背。」

學生們熟練地排好隊伍，法洛和希爾再度排在最末端，這次是因爲傳說中的惡龍對於要給「雞」摸背感到抗拒。

「鷹和雞差很多。」希爾試圖改變法洛的想法。

「是啊，雞會下蛋，像雞的鷹還不會呢。」

「你是不是特別討厭鷹尾獸？」

「不是。」

不是？希爾想了想，再回憶法洛每次上魔物學時都一副厭惡的樣子，歸納出一個結論：「你討厭所有的魔物？」

法洛挑挑眉：「也可以這麼說。」

「爲什麼？」雖然驕傲的龍族平時看似不好親近，可是希爾明白，法洛其實面冷心善，是隻好龍，被寫進《不可不知的惡龍劣跡》裡眞的是委屈他了。

法洛還沒回答，就輪到了他們上前。

變故在這時候發生了，當前一組同學退開時，疾風一看到希爾便張開翅膀，茉莉教授還來不及反應，疾風已經衝向希爾。

反應慢半拍的棕髮少年被啄了一下才想到要跑，他一邊奔逃一邊喊著：「怎麼了？發生什麼事？爲什麼要攻擊我？」

茉莉教授吹了好幾個哨音想召回疾風，疾風卻置之不理，她只得急急忙忙追上去，不得已朝疾風丟了個麻痺術，總算結束了這場鬧劇。

「同學，我記得你叫希爾，你還好嗎？」

希爾摀著被啄過的肩膀表示疼痛，茉莉教授馬上要爲他治療，可是臉皮薄的希爾不想在全班同學面前拉下衣服露出肩頭，連忙婉拒。

確認了希爾的傷勢不嚴重，茉莉這才放下心，叮囑他一定要去醫務室治療後，就對學生們宣布作業是鷹尾獸的觀察心得和野外實用分析，隨即讓大家下課，她自己也帶著疾風離開。

希爾左右張望，確定沒有人在注意自己，於是他詢問法洛：「爲什麼鷹尾獸會攻擊我？」

「這就是我討厭魔物的原因，因爲龍族的魔物親和性一向不太好。牠們不喜歡我，我當然沒必要喜歡牠們。」察覺到希爾低落的情緒，法洛略一停頓，試圖安慰這位難得的人類朋友，「牠應該只是有一點不喜歡你，至少沒朝你丟風刃。」

希爾聽了有些哭笑不得，不知道自己該不該高興。

「那爲什麼牠不攻擊你？」

「因爲牠不想死。」法洛淡淡一笑，「本能告訴牠，你比較好欺負。」

原來魔物還懂欺善怕惡嗎？

希爾頓時無語了。

第二章　龍血成了批發販賣的商品？

早餐時間，公主和她的三位好友依然坐在長桌的最前端，只是隨著年級提升，從一年級的長桌換到了二年級的。

美麗溫柔的公主仍是學生們傾慕與景仰的對象，有了過去一年的經驗，二、三年級的學生都能克制自己的言行舉止，但一年級新生們就不同了。這是他們第一次近距離看到公主，每個人的目光都往二年級的長桌飄，談論的話題有一半和公主相關。

在這種氣氛下，法洛旁若無人地領著希爾坐在公主殿下右手邊的位子，有別於希爾落坐前禮貌地朝伊芙琳公主鞠躬，法洛直接入座，明明看見了公主，卻連聲招呼也沒打。

由於伊芙琳公主的默許，和惡龍閣下對美食的執著，先前他們已經和公主及她的好友們一起用餐了一整年，所以對於法洛和希爾的出現，公主四人都習慣了，包括看不慣法洛的海曼也只是翻了個白眼，放棄出言挖苦。

公主殿下停下和朋友們的交談，微笑看著法洛：「今天的早餐是蘭姆葡萄麵包、野菇炒蛋、風味蔬菜湯和綜合莓果汁，如果有特別喜歡吃什麼可以告訴我，我再請廚師準備。」

聞言，臉色蒼白的莉莉絲訝異地問：「爲什麼對他那麼好？」

「法洛先前救了妳，也救了大家，讓廚師幫他準備點食物不算什麼。」伊芙琳臉上掛著溫柔的笑容，並瞥了一眼顯然想開口諷刺幾句的海曼，在公主不容質疑的目光下，海曼只好把要說的話吞了回去。

英明的惡龍閣下選擇無視公主與好友們的對話，愛好美食的他當然不會錯過點餐的機會。

只見法洛放下了湯匙，不客氣地回應伊芙琳：「那就來點蘋果派，派皮酥脆，上面有糖粉的那種。」

希爾曉得法洛說的是在校長那裡吃到的蘋果派，看來傳說中的惡龍似乎喜歡蘋果做成的各種食物？

「原來你喜歡蘋果派？」也許是覺得香甜的蘋果派和法洛冷淡的形象反差太大，公主殿下難得綻開燦爛的笑容，有別於平日拘謹溫婉的樣子。半晌，她認眞地徵詢：「麵糰發酵和烘烤需要時間，當作明天的早餐好嗎？」

「可以。」法洛點點頭。

「就這麼說定了。」伊芙琳朝廚房的方向招手，一位穿著白色廚師袍的人快步走來，公主殿下交代了明天的早餐一定要有蘋果派後，又回到和好友們的對話。

「莉莉絲，妳的臉色還是不太好，是實作課時受的傷還沒完全復原嗎？」

「雖然傷口癒合了，可是魔力大不如前，就算我再怎麼增加冥想時間，也恢復不到受傷前的程度……」和過去相較，莉莉絲說話的聲音顯得虛弱許多。

「恢復劑吃了嗎？王宮裡有一些上等的冰珀草，我再派人送去給妳。」

「伊芙琳，不用了。恢復劑和冰珀草我吃了很多，現在一聞到味道就想吐。」莉莉絲無力地笑了笑。

海曼神情關切：「我家有對增加魔力很有幫助的補品，明天拿給妳。」

這位舒特商會的繼承人一向給人傲慢的印象，但面對從小一起長大的朋友倒是不吝於表現關心。

「等等，不如試試龍血？」尼爾拿出一個裝著鮮紅液體的小水晶瓶。

「龍血！你居然有自滅龍戰役之後，就極爲罕見的龍血？」

「服用龍血恢復魔力的效果比大多數的補品都好，對莉莉絲一定會有幫助的。」

「尼爾，這太貴重了，你還是留著吧。」見到極爲珍稀的龍血，莉莉絲相當心動，卻仍選擇婉拒。

「不用擔心，紅石商會祕密取得了一批龍血，在最近的拍賣會上會慢慢釋出。」尼爾笑了笑，又說，「價格不算高。」

「如果是這樣的話，那我跟你買吧，休斯頓家的人不能白拿好處。」莉莉絲堅定地表示。

既然主動贈與龍血，就代表這對紅石商會來說在財力能夠負擔的範圍，不過尼爾向來心思細膩，懂得顧及他人的心情，見莉莉絲秉持公爵家的良好教養，不願白白接受饋贈，於是他點點頭：「好的。」

「尼爾，謝謝你。」莉莉絲得到了珍貴的龍血，伊芙琳也打從心裡高興，誠摯地向尼爾道謝。

「大家都認識這麼多年了，這點小事不算什麼。」尼爾謙和地微笑。

一旁的海曼按捺不住，等尼爾把龍血遞給莉莉絲後，迫不及待地問：「尼爾，你說之後拍賣會上還有龍血可以買嗎？」

「沒錯，歡迎你來看看，貴賓包廂一直爲你留著。除了龍血，也還有許多珍貴的寶物。」

「龍血的來源……算了，我知道你不能說。」海曼話說到一半，就想起紅石商會有爲拍賣品提供者保密的義務，雖然很想探聽，他仍不想讓好友爲難。

「你是要買來作爲公主殿下的生日禮物？」

海曼還沒回答，伊芙琳已經搶先開口：「說好了不用送我太貴重的禮物。」

海曼露出心思被料中的表情，又愛面子地否認：「龍血當然是爲我自己買的，公主殿下的禮物我另有想法。」

氣氛有些尷尬，尼爾趕緊出聲解圍，詢問伊芙琳：「下週就是您的生日了，有什麼計畫嗎？」

「稱不上有什麼計畫，畢竟每年都是在王宮裡舉行生日舞會。邀請函這幾日會送達，希望你們能出席。」

「樂意之至。」

「我的榮幸。」

「一定會到場！」

「太好了，下週的舞會你們都要來，可別缺席了。」伊芙琳明亮的雙眼流露笑意，「不必帶什麼貴重的禮物，你們明白我不缺。」

「伊芙琳的生日舞會是我每年最期待的一件事。」莉莉絲笑著說，「禮物我早就準備好了。」

「妳準備了什麼？」

「才不告訴你。海曼，其實你還沒想到要送什麼吧？」

「誰說的！」海曼語氣僵硬地反駁。

公主在一旁笑看好友們拌嘴，嘴角揚起美麗的弧度。半晌，她彷彿想起了重要的事，轉頭將視線落在正低頭用餐的黑髮少年身上。

「法洛，下週是我的生日，歡迎你來參加舞會。」

英明的惡龍閣下想都沒想，直接回了兩個字：「不去。」

碰了一鼻子灰，公主殿下臉上一瞬閃過失望之色，但一個深呼吸後，她的表情恢復如常，在三位好友驚詫的目光中，泰然自若地轉而對棕髮少年說：「希爾，你可以來嗎？」

「咦，我眞的可以去？」希爾瞪大眼睛，不敢相信自己聽到的話。居然被公主殿下邀請參加她的生日舞會？這太不眞實了！他是不是在做夢？

「當然，誠摯地歡迎你來，你應該不會拒絕我吧？」伊芙琳神情有些落寞，似乎暗指剛才法洛的拒絕很令她傷心。

和公主親衛隊的成員們一樣，希爾對公主殿下受傷的表情毫無抵抗力，立刻答應下來：「不會的，我怎麼會拒絕您？能受到邀請是我的榮幸。」

見忠誠的僕人遭到公主蠱惑，法洛不悅地皺起眉。

成功邀請到希爾後，伊芙琳再次問法洛：「希爾願意參加我的生日舞會，你要一起來嗎？」

希爾和公主的好友們都對公主殿下的行爲感到不解。方才不是問過法洛了嗎，何必再問一次？況且邀請平民參加王族的舞會眞的合適嗎？

然而，惡龍閣下的回答出乎大家的意料。

只見法洛將盤子裡的炒蛋吃完，喝了一口綜合莓果汁，儀態優雅地用餐巾擦了擦嘴，這才看向公主，氣場半點不落下風，臉上帶著淡淡微笑：「我會去。」

「歡迎你。」伊芙琳大方地表示，好似稍早的拒絕沒發生過，一旁的四人全看傻了眼。

法洛與忠誠的僕人離開食堂，在前往教室的路上，希爾提出心中的疑惑：「英明的法洛閣下，您不是不想參加公主的生日舞會嗎？爲什麼後來又改變心意呢？」

法洛愣了愣，隨即一本正經地說；「爲了避免你在舞會上鬧出笑話，我還是得出席。」

「這樣嗎？」希爾半信半疑，不過那可是王宮，平民一輩子都不見得能進去一次，有個伴可以互相照應確實令他安心許多。

「那是不是該換你解釋，爲什麼你要參加那個麻煩公主的莫名其妙舞會？」

「英明的法洛閣下，首先，那不是莫名其妙舞會，公主說了是生日舞會。」希爾認眞思考了一下才回答，「公主殿下非常有誠意地邀請了我們，這是一件十分榮幸的事，身爲帕米爾帝國的國民怎麼能夠拒絕？而且看著公主那樣的表情，我也實在不忍心拒絕。」

希爾說完，沒等到回音，於是他回頭看了看後面，發現法洛靠著校園裡的一棵樹睡著了。

不會吧？

「法洛？你有聽到我說話嗎？」希爾靠近法洛，試圖和英明的惡龍閣下對話。

熟睡時的法洛神情柔和，近乎完美的五官猶如光明神的傑作。這時候的法洛不會口是心非地不承認自己關心朋友，也不會隨意使喚人，真的是可愛許多——以上是希爾的心聲，他覺得自己最好別讓法洛知道。

「醒醒，不要睡在這裡啊！」

希爾邊說邊搖法洛的肩，但惡龍閣下的眼簾完全沒有要掀開的意思。有過前幾次的經驗，希爾明白法洛一時半刻是不會醒的，看來只能先把人帶回宿舍休息。

「你好重，我快走不動了……」

希爾一手抓住法洛的手繞過自己的脖子，另一手環住法洛的後腰，扛著法洛努力往宿舍的方向走。歪歪斜斜地勉強走了幾步路後，他的額上就冒出了汗珠，一個不小心，腳下似乎踩到了石頭，他腳底一滑，重心不穩跌坐在地，惡龍閣下也順勢落下——

「啊啊！不要壓在我身上！」希爾慌忙大叫，他整個人被法洛壓倒了。

「光明神在上，大白天的，你們這是在做什麼糟糕的事？」一個語帶傲慢的熟悉嗓音傳來。

希爾這才意識到，自己和法洛的姿勢在旁人看來十分曖昧。

由於惡龍閣下處於睡眠的放鬆狀態，所以和忠誠的僕人身軀緊貼，頭部剛好垂在希爾的頸間，呼吸間的熱氣弄得希爾脖子發癢，那修長的腿更是不巧放在希爾的兩腿之間。

希爾回過神，趕緊高聲澄清：「沒有！絕對不是你想的那樣！法洛只是睡著了。」說完，他掙扎著要爬起來，無奈事與願違，瘦弱的魔法學徒只能把惡龍閣下的身子撐起一點，實在無力脫困，希爾只好開口求助：「我一個人沒辦法抬起他，可以幫幫我嗎？」

「好的。」

「不要。」

一個溫文和一個高傲的聲音同時回答，顯然是尼爾和海曼，而接著響起的溫婉女聲證明了希爾的猜想沒錯。

「海曼，法洛和希爾同學遭遇困難，需要你的幫助。」

海曼嘖了一聲，看在公主的面子上勉爲其難地答應：「知道了。」

尼爾和海曼一人拉一隻手，把法洛從希爾身上架起，獲得自由的希爾感激地向公主殿下道謝。

「謝謝公主殿下，也謝謝尼爾和海曼同學。」

「法洛這是怎麼了？」

「這個……」希爾想起校長的告誡，真實原因必須保密。

他不希望欺騙公主，又不能暴露法洛的身分，只得避重就輕地說：「法洛因爲在上學期的實作課考核中受了傷，所以時不時會像這樣突然睡著，過一段時間就會醒過來了，請不用擔心。我正在想辦法帶他回宿舍休息，結果不小心跌倒了。」

「原來法洛也受了傷？」莉莉絲疑惑地問。她在考試中途因傷昏迷，不清楚後來在山洞裡發生的事。

「法洛爲了救大家，和邪惡的亡靈法師決鬥，不幸受了嚴重的傷，只是我沒想到他的傷還沒好。」伊芙琳向莉莉絲解釋完，又朝希爾說，「剛好我們也要回宿舍，就和你一起送法洛回房間吧。」

「我們什麼時候要回宿舍了？」舒特商會的繼承人故作疑惑。

「也許公主殿下想回宿舍拿件東西，我們就回去一趟吧。」紅石商會會長的次子坦然接受這個安排。

其實海曼也不是眞的不願意送法洛，不過他仍是忍不住邊走邊抱怨：「他是不是來討飯吃的時候吃太多了？怎麼看起來不胖，卻這麼重。」

希爾只能在一旁尷尬地笑，他無法把實情說出來——因爲法洛是一隻龍啊啊啊啊啊！

由於已經不需要增幅手環了，於是希爾和法洛商量之後，在日曜日的下午一起來到「希望之秋」。

正好在修理鋪門口的伊恩看見兩人，立即放下手中的木桶，笑著打招呼：「希爾、法洛，歡迎你們！」

法洛對於這位曾經的僕人候選始終保有好感，也笑著回應，希爾則是好奇地問：「嗨，伊恩，你在做什麼呢？」

「我在鍛鍊鬥氣，這是劍士學院二年級生的重要課題。」伊恩向希爾示範，「集中意念將鬥氣從手臂延伸出去，聚集在手掌和指尖，往上托住這個水桶，支撐的時間越長、重量越重，就代表鬥氣越強。」

由於站的距離近，兩人可以看見伊恩手上有一股淡淡的白光，從無到似有實質，慢慢地托起水桶，原本貼在伊恩手上的提把往上浮起。

「有了鬥氣之後，就能夠把鬥氣附加在劍上，即使是空手搏鬥，也能增加防禦和攻擊力。」

「哇！好厲害！」希爾發自內心地讚歎。

「我還差得遠呢，想成爲像辛克萊教授那樣的大劍士得更努力才行。」伊恩謙虛地表示，隨即指了指鋪子裡，「進來坐吧！」

三人一走進修理鋪，就看到納特坐在工作桌後，聚精會神地修復著一件魔法道具，那是一個飾以繁複花紋的精緻小盒子。

納特手上泛起一層藍光，藍光延展成像頭髮那麼細的絲線，仔細地磨掉盒蓋上的其中一段符文，接著寫上新的符文。伊恩只知道納特在工作，平常看慣了，也不覺得有什麼特別。

「我去準備點心，你們先坐一下，等我哥忙完大家就可以一起邊吃邊聊。」

法洛和希爾都被納特吸引了目光，只有希爾應了一聲。伊恩不以爲意，點了個頭便往後面的房間走。

小小的修理鋪裡，一人坐著兩人站著，皆是屏氣凝神靜默無聲，空間裡只有魔法符文烙在金屬盒蓋發出的輕微嗤嗤聲。

希爾只感覺納特使用的魔法相當高深，卻不解怎麼連見多識廣的惡龍閣下也看得目不轉睛。

納特修理道具的過程行雲流水、一氣呵成，當他寫下最後一個符文時，所有符文和盒子同時亮了一下，接著表面閃過一道溫潤白光，這是高等魔法道具製作完成或修復成功時會產生的現象。

納特的臉上浮現一如既往的慵懶微笑，額上清晰可見的汗水卻說明方才他可一點也不輕鬆。

「法洛、希爾，歡迎啊。」此時他才有餘裕向兩人打招呼。

法洛省略了寒暄，劈頭就問：「你不是說鋪子裡修的都是一些簡單的小道具？」

「我是這麼說過，但有大生意上門，豈有不接的道理？」納特一臉無辜，「格菲爾的修理鋪子就這幾間，鋪主彼此都認識，假如道具修不完，只要私下通個消息，有空的人就幫忙接了，這很奇怪嗎？」

「是因爲能修的人不多吧。」法洛瞥了一眼納特手上的小盒子，盒子的光芒已經褪去，要不是剛剛才看見納特在盒內烙下符文，任何人都會以爲那僅是個尋常的首飾盒。

「如果這是在誇獎我的技術好，那我就收下了。」

「你是龍族？」法洛這一問，讓希爾和端著點心出來的伊恩都愣住了。

「能調整道具附加的空間魔法，不代表我能施展空間魔法。」納特伸了個懶腰，打著呵欠，「算是稍有研究而已。」

「稍有研究？」面對納特無賴的態度，法洛即使不高興也只能按捺住，他哼了一聲，暫不與其爭辯。

一旁的伊恩見狀，連忙爲納特說話：「他是我哥哥，不可能是龍族。」

「你們是親兄弟？」

「雖然我是被哥哥撿來的，但我們從小一起長大，做什麼事情都在一起。」

他要是有心瞞你，會讓你發現嗎——法洛正要這麼反問，卻被希爾拉了拉袖子，他瞪大眼睛看向希爾：「什麼事？」

希爾自然是因為不希望場面弄得太僵，趁著法洛這一停頓，他立刻搶過話對納特說：「你好，我們是來歸還增幅手環的。」

看出希爾的用心，納特善意地笑了笑，隨即疑惑地問：「上次不是說好這個道具你先拿去用，不必急著還嗎？」

「那個……由於一些因素，我的感知變好，所以用不到這個手環了。」

「這樣啊，那我就收回來了。」

「大家用一些茶點吧，這裡有剛泡好的水果茶和小圓餅。」伊恩把手上的盤子放到靠近門口的那張方桌，招呼大家過去。

「伊恩，謝謝你。」

「不用客氣。」

法洛吃了一片小圓餅，滿意地點點頭：「味道還不錯。」

「那是我做的。」納特露出得意的笑容。

法洛拿著餅乾的手頓時像被施展了石化術，停滯在半空中，吃也不是，不吃也不是，直到希爾忍著笑對他說「你不吃的話，我們要吃光了喔！」他才把手上的餅乾放進嘴裡，趕緊又拿了幾塊。

四人聊著學校的課業、發生在格菲爾的趣事，以及紅土大陸上的奇聞，時間飛快地流逝。

「法洛怎麼不說話了？」伊恩發現法洛單手放在桌上撐著頭，已經好一陣子沒加入話題，於是問了希爾，「他身體不舒服嗎？」

「啊！法洛是睡著了。」希爾替法洛解釋，「他最近精神不太好，常常這樣，突然睡得很沉。不過沒關係，讓他睡一會就會醒了。」

說完，他戳了戳法洛的臉頰，證明眞的叫不醒。

「睡著？精神不好？」納特滿臉不可思議，打量著法洛。

「是不是上學期被亡靈法師弄傷了，還沒復原？」伊恩想起上學期末的事。

希爾順勢點點頭：「是的。」

雖然對於說謊感到過意不去，但爲了替法洛保守祕密，希爾也只能在心裡向光明神懺悔。

「一個亡靈法師能把他搞成這樣？不是吧？他的實力只有如此嗎？難道是我誤會了什麼？」納特喃喃地說，顯然並不相信。

「哥，你能幫幫法洛嗎？」

「不用麻煩的，法洛眞的睡一下就好了。」校長說過沉睡是龍族的自癒機制，並無大礙，因此希爾認爲沒有必要請納特幫忙。況且法洛是龍族，普通人類又能幫上什麼忙？

納特沒把希爾的話聽進去，他放下裝了水果茶的杯子，逕自走到工作桌前，拿起方才修理好的首飾盒回到方桌旁，對著希爾展示手中的道具：「它叫『碎空』，是一個可以把任何東西收進去的道具。」

「任何東西？」

「是的，但不保證放進去後拿得出來。」納特眨了眨眼，笑得狡黠。見希爾愣住，他似乎覺得很有趣，把小盒子塞進希爾手裡，「送給你。」

希爾急忙搖頭拒絕：「這是很貴重的道具吧？我不能收！」

「你就帶著吧，說不定哪天派得上用場。」納特說完，饒有深意地瞥了眼睡著的法洛。

聞言，希爾陷入了掙扎。若是僅對自己有益處的東西，他可以堅定拒絕，然而這是對法洛有幫助的道具，這使他難以決斷。

「法洛會需要嗎？」希爾疑惑地問。

納特不置可否地聳肩，「或許吧？誰知道會不會用上呢？總之，就先寄放在你那裡了。」

「這怎麼可以？這不是某位客人委託修復的道具嗎？」

納特一副謊言被揭穿的樣子，散漫地回應：「啊，我原本好像是這麼說的？不過那時法洛還醒著，反正現在他睡著了，你就當我沒說過吧。」

「咦？」這是什麼狀況？所以這道具不是客人委託修復的？那麼是哪來的？希爾有點混亂了。

「我只是一名小小的道具修復師。」納特拍拍希爾的肩，正色說，「你只要記得這點就行了。」

「哥哥是最厲害的道具修復師！我一直是這麼相信著的。」伊恩語氣驕傲。

納特摸了摸伊恩的頭，帶著寵溺和獎勵的意味，隨後轉頭告訴希爾：「你就收下吧，不收下的話，我可要在法洛的臉上畫圖了。」納特揚起惡作劇的壞笑，吩咐自己的弟弟，「快把羽毛筆和墨水拿過來。」

「好的。」伊恩點點頭，起身往工作桌的方向走。

意識到納特是認眞的，希爾急急叫住伊恩：「等等！不可以啊！」

雖然法洛沒有交代，可是希爾覺得，在法洛睡著時保護惡龍閣下的身體是他的責任。而且要是法洛發現自己熟睡時被人在臉上塗鴉，肯定會很生氣，到時候遭殃的人還是他。

「好吧，我先保管就是了……」

新的一週到來，「紅土大陸的歷史」下課後，山姆教授一走出教室，半數學生就跟著鳥獸散了。

希爾屬於還留在教室裡的另一半學生，他再三確認已經將黑板上的重點都抄在了筆記本上，這才把書本文具收拾進書袋。法洛坐在旁邊的位子百無聊賴地翻著《如何度過無聊的上課時光》，等希爾收拾好了便起身一同回宿舍。

「你不看旅遊書了？」希爾瞧了瞧法洛手上的書。

「適時地吸收其他有用知識是必須的。」

「有用知識？」希爾對於法洛所謂「有用」的定義感到困惑，「難道不是該讀些魔法書嗎？」

「以前讀得夠多了。」

以前？看來又是千年前的事吧。希爾心想。

兩人邊走邊聊，剛離開教室就看到公主四人站在走廊上談笑，見法洛和希爾出來，他們立即停下交談。伊芙琳主動朝法洛和希爾露出微笑，向身旁三位好友說了句什麼之後，邁著優雅的步伐走來：「法洛。」

法洛注視著伊芙琳，語氣不冷不熱：「什麼事？」

「這個送給你，希望對你的傷勢有幫助。」伊芙琳拿出一個裝著紅色液體的小瓶子，遞給法洛。

法洛接過瞧了一眼，隨即用力地往地上一丟。

「匡啷！」

脆弱的水晶瓶碰到堅硬的石板地，瞬間碎裂，豔紅的液體和晶透的碎片四射飛濺，公主殿下的表情跟著難看起來。

周圍的學生們無論是不是正在注意公主和法洛，全都被嚇了一跳，紛紛驚呼。

「天啊！」莉莉絲掩面驚叫。

「法洛，你太過分了！你知不知道那是伊芙琳——」海曼衝到法洛面前大吼，卻被跟過來的尼爾拉住。

公主殿下做了幾個深呼吸，試圖讓自己的語氣自然些，背對著海曼說：「我沒事，你們先回去。」

「可是——」

「別說了，伊芙琳會處理好的。」海曼原本還想說些什麼，但尼爾拉著他走了。

「這是很珍貴的龍血。」待好友們離開，伊芙琳才幽幽地告訴法洛，臉上的表情殘留著錯愕和不解。

「我知道。」法洛的聲音轉冷，「就是知道才摔的。」

「我想過你可能不會接受，但沒想到會是被以這種方式拒絕。我們王族向來知恩圖報，這是除了蘋果派之外，我所想到能為你做的事。龍血對於復原魔力很有幫助，即使討厭我，看在身體受傷的分上，也請你收下。」

「我沒受傷。」法洛神色如常地反駁。對他而言，缺失了一半的生命力和受傷確實不一樣。

伊芙琳只當法洛是在推託，畢竟她曾親眼見到法洛在校園裡「昏倒」。她又從手提袋裡取出一瓶龍血，這次是遞給希爾：「你先幫法洛收起來，別再讓他摔破了。」

在公主殿下殷切的目光和惡龍閣下冷冽的視線下，希爾僵著手拿著那瓶龍血，進退兩難。

「快收好。」伊芙琳再次叮囑。

公主殿下的嗓音宛如具有魔力，希爾順從地把龍血收進了書袋裡。

伊芙琳滿意地點點頭，看了一眼法洛後，轉身離去。

英明的惡龍閣下這才質問希爾：「你為什麼要收下？你不會是對公主這種生物有什麼幻想吧？」

「絕對沒有！」

「這裡怎麼弄得一地血？」一個低沉的嗓音響起，走廊上的學生們統統退開，凡諾斯走了過來。

新來的魔法理論課教授推了推眼鏡，惋惜地打量地上的龍血，詢問希爾：「這是你們弄的？」

希爾眨眨眼，不確定該回答是或不是。雖然他旁觀了整件事的經過，可是弄髒走廊和他完全無關啊！

幸好英明的惡龍閣下先一步開口承認：「是我摔的。」

「同學，你的名字是？」

「法洛。」

「法洛啊？」凡諾斯低聲複誦法洛的名字，似乎暗暗留了心。他指著地上那灘血，朝法洛說：「那就請你收拾一下吧？弄得滿地血很像命案現場呢。」幽默的形容令圍觀的學生們都被逗笑了，稍稍緩和了凝滯的氣氛。

「好的！」一旁的希爾趕緊答應，以免英明的惡龍閣下想和教授爭辯些什麼。

凡諾斯意外地瞧了一眼希爾，接著又盯著法洛，顯然是在等法洛的回答。

感覺到被希爾偷偷扯著袖子，法洛不情不願地應了一聲：「好吧。」

凡諾斯滿意地笑了笑，只是離去時，嘴上忍不住喃喃：「龍血什麼時候變得這麼不值錢了？」

第三章 不要做奇怪的實驗啊

好不容易清潔完走廊，法洛和希爾返回宿舍，來到房間門前時，發現門上的信箱裡有一個包裹。

每當收到寄給學生的信件和包裹，管理員就會放進收件者房門上的信箱。不過雖然已經是二年級生，這還是法洛和希爾這對舍友的信箱第一次出現包裹。

包裹用淺褐色的牛皮紙包著，上面寫了希爾的名字。

「居然是給我的嗎？」希爾進門後便開始拆包裹，裡頭有一封信、一個吊墜、一大包餅乾。

「誰寄的？」好奇的惡龍閣下湊近了打量。

「是護幼院的凱薩琳老師寄來的。」希爾打開信件，把內容唸了出來，「親愛的希爾，我在整理房間時找到了這個吊墜，當年你被送到護幼院時身上戴著它，如今我將它交還給你。餅乾是你最喜歡的果醬甜餅，希望你的朋友也會喜歡。願光明神賜福，庇佑你一切安好。」

「原來你喜歡這種餅乾?吃起來不錯，我也喜歡。」

希爾抬頭，看見惡龍閣下正拿著餅乾享用，他瞬間整個人跳起來要去搶食：「等等！那是給我的餅乾！」

「是給你和你的朋友，你說了要和我當朋友，所以我當然可以吃。」法洛把整包餅乾舉得高高的，讓身高差了他半個頭的希爾搆不到。

「至少留一些給我……」希爾伸長了手還是碰不到，只能望餅乾興嘆。

「留給你可以，留給別人不行。」法洛說得理直氣壯。

「成交！」希爾只當法洛是爲了多吃點餅乾，畢竟龍眞正的體型那麼巨大，只吃幾片可能不夠，所以他沒有想太多就答應了，倒是法洛像個討到糖的小孩一樣，笑得開心。

吃了幾片餅乾後，希爾端詳起那個吊墜。吊墜樣式和市集上到處都有賣的吊墜相似，差別是中間鑲了一小塊魔法石，而且似乎歷史悠久，表面的紋飾經過歲月侵蝕，早已斑駁得難以辨認。

「你知道這是什麼嗎？」希爾決定問問見多識廣的惡龍閣下。

既然希爾虛心求教，英明的惡龍閣下也不介意展現自己的博學多聞。法洛拿起吊墜仔細檢視，認眞地說：「這是類似傳音器的道具，爲了保密，這類物品通常會設下需要以特定方式開啟的禁制，有可能是咒語，或者任何你想像不到的禁制。」

「那不就打不開了？」

「不一定，我記得有本書叫做《十萬八千九百零五則常用禁制咒語與媒介》，也許你可以按書上的紀載一個一個試試看？」

「十萬八千九百零五則？這麼多還叫做常用？」希爾懷疑自己是不是聽錯了。

「如果那麼容易就能被猜到，還要禁制做什麼？」

「沒關係，反正我從來沒見過我的父母，現在能有件應該是他們留給我的東西，已經是想都沒想過的事了。」希爾取下脖子上的銀鍊，把吊墜掛上銀鍊後，重新戴起來收進衣領內側，讓吊墜貼著胸口的肌膚。他右手隔著衣服按住吊墜，眼睛閃閃發亮，「戴著項鍊就像是和他們在一起，不再是孤單一人。」

法洛靜靜注視著希爾的舉動，對於希爾後面那句話並不認同：「有我在，你不會孤單。」

「嗯？」希爾心想，剛才法洛是不是說了類似告白的話？

「我們還要一起去遊歷紅土大陸。」法洛臉色不變地補充。

「說的也是。」希爾點點頭，覺得自己大概是想太多了。

「你可以拿出來了。」

希爾滿腹疑惑：「拿出什麼？」

「龍血。」

「你想摔了它嗎？」希爾小心翼翼地探詢，同時揉了揉因爲刷洗走廊地面而痠痛的腰。

沾了血的地面不好清理，而且這裡還是宿舍，他實在不想伴著血腥味入睡，肯定會做噩夢的。

「我現在冷靜多了。」

那是要做什麼？雖然希爾認為不可能，依然謹慎地問：「你要喝了它？」

「我不喝同族的血。」

「可是你的身體……對不起，都是因為我的關係，你還是把生命力收回去吧。」想到法洛是為了他才變成這樣，希爾說著說著，內疚得紅了眼眶。

看著這樣的希爾，法洛沉默了。

好一會，他才淡淡地說：「龍族是紅土大陸上最長壽的種族，一般活個五、六千年沒問題，魔力強大的個體甚至可以活到八千歲，就算分你一半，我也能活得夠久了。我的身體只是需要時間適應，沒什麼大礙，反正這是我自己的決定，和你沒有關係。如果你再提這件事，我就把你丟到幽暗沼澤陪不死生物吃早餐。」

「……謝謝。」希爾點點頭，內心滿溢著感動，但是上進的他仍無法克制求知慾，「不過，不死生物會吃早餐嗎？」

法洛選擇無視希爾的問題，將話題拉回正事上：「把龍血拿出來吧。」

英明的惡龍閣下都這麼說了，希爾也就順從地取出龍血，確認法洛沒有想摔了瓶子的意思，他才伸手遞過去。

法洛手掌朝上平舉在胸前，魔力凝結而成的燦金絲線像有生命一般，繞著他的手掌輕柔擺動。接著，他打開瓶蓋往掌心倒了幾滴龍血，金色的絲線立即承接住落下的血珠。

法洛閉上眼睛，感受著龍血內蘊藏的訊息，希爾專注地旁觀，連呼吸都放輕了，就怕打擾到他。

「魔力波動有些不純粹，但確實是龍血。」

「不純粹的意思是？」

「參雜了別的東西。」

「什麼東西？」

「像是……人類的氣息？」法洛的語氣帶著不確定。

「除此之外，一切正常？」

「想了解的話，你可以把那瓶龍血喝了，身體會告訴你答案。」

「我不想喝龍血。」且不說那瓶龍血有沒有被摻了什麼東西，光憑那是法洛同族的血液這一點，希爾就覺得自己不該喝。

「那就別喝。」法洛點點頭，瞇起眼睛微勾嘴角，「看來我們該去老地方走走了。」

「老地方？」

「拍賣會。」

月曜日晚上，法洛和希爾換了外出服離開校園，穿過中軸廣場來到城東的商店區。有了前一次的經驗，這次他們顯得駕輕就熟。

沒有邀請函的兩人，參加拍賣會的唯一方法就是帶著魔法道具上門，交付拍賣。而這對於習慣收集「小東西」的龍族來說並不難。

向拍賣會的工作人員表明來意後，法洛和希爾便被帶到上回造訪過的寶物鑑定室，三位白髮蒼蒼的寶物鑑定大師一看是他們，喜悅之情溢於言表。

「孩子們，好久不見。」坐在首位的老先生對兩人露出和藹的笑容。

「自從永恆之夏後，我再看什麼寶物都感覺沒意思了。」聲音尖細的老先生接著說。

鬍子長度過胸的老先生起身，做了一個「請」的手勢：「這次要帶給我們什麼驚喜呢？」

法洛走近三位鑑定大師所在的圓桌，從口袋裡拿出一樣小東西放到桌上，淡淡地說：「只是一個蓄魔戒指。」

即使法洛這麼說，三位老者依舊聚精會神地審視著戒指。居中的老先生戴上了白色手套，輕輕拿起戒指端詳。

黃金打造的戒指散發著柔和光芒，戒身細細刻著月桂葉的紋飾，花形戒托鑲著一顆粉色水晶。

「我先來鑑定這顆寶石。」老先生說完就閉上眼睛，用精神力探索寶石內部。過了半晌，他的額上冒出汗珠，再過半晌，他才睜開眼：「的確是顆蓄魔寶石，但是裡面的容量很大，遠超我平生所見。」

「老莫，你別開玩笑，蓄魔戒指能收納的魔力有限，怎麼可能有你的精神力探查不出容量的？」

「你們知道，工作時我不開玩笑的。」被稱爲老莫的老先生將戒指遞出，「不信你自己看看。」

聲音尖細的老先生接過戒指，也用精神力去探查戒指上的寶石，過了好一會，他臉色難看地睜開眼：「我也說不準這寶石的容量到底是多少。」

「有這種古怪的事？」剩下那位長鬍子老先生驚訝地說。

「你試試吧。」

如同前兩位寶物鑑定大師，長鬍子老先生也沒有探測出這只蓄魔戒指的容量。

「容量的確難以估計，至少肯定能存放一隻成年巨龍的全部魔力吧？唉。」長鬚老先生幽幽地嘆了一口氣，「除此之外，沒有其他附加魔法和功用，眞的僅僅是一個蓄魔戒指啊。」

「能容納的魔力量很大，樣式也精巧，已經是難得的珍品，可惜只是個蓄魔戒指，大概只能排在倒數第二個拍賣品。」

「這樣今天的重頭戲還是不變吧？」老莫徵詢另外兩位鑑定大師的意見。

「是啊，雖然了無新意，也只能這樣了。」

「原本還期待能改一改順序呢。」

法洛聞言，趁機追問：「最後一項拍賣品是龍血嗎？」

「咳，這個能透露嗎？」聲音尖細的老先生將目光投向自己的兩個夥伴。

「聽說你們這陣子都會拍賣龍血？」

「是的。」老莫點點頭承認，「紅石商會一連兩個多月都拍賣出龍血，這已經不算是祕密。」

「這批龍血是誰提供的？」法洛又問。

「其實就連我們也沒見過提供者的眞面目。」

聽了這番話，法洛表情凝重，倒是始終默默旁聽的希爾訝異地問：「連大師們也不清楚？」

「只要不觸犯帕米爾的法律，拍賣會並不要求提供拍賣品的人坦白身分。」

「今晚確實會拍賣龍血，至於其他的，恕我們無法透露更多了。」

「那我們也該走了。」三位老先生已經表明態度，再繼續追問也沒有用，法洛和希爾只好放棄。

在穿著整潔體面的拍賣會侍者引導下，兩人準備前往為拍賣品提供者準備的專屬包廂。

他們走出鑑定室前，三位寶物鑑定大師有些依依不捨地說：「期待你們下次帶來的拍賣品。」

進了包廂，拍賣會的侍者剛走，希爾就忍不住問：「法洛，這樣會不會太奢侈了？」

英明的惡龍閣下一進門就被包廂裡琳瑯滿目的點心吸引，正拿起一塊草莓蛋糕要吃。聽見希爾的問題，他轉頭反問：「什麼？」

「其實我早就想跟你說了，上次想換點錢作為生活費，你就拿出了永恆之夏那樣的無價之寶，這次我們只是為了來拍賣會看看，你卻又拿出三位寶物鑑定大師都沒見過、容量大得誇張的蓄魔戒指！」希爾一臉心疼，「這些好東西你應該自己留著，拿普通的道具來拍賣就可以了。」

英明的惡龍閣下挑了挑眉，一副「原來你在說這個」的表情，簡短地回了三個字：「不可能。」說完，他咬了一口草莓蛋糕，露出滿足的笑容。

居然被果斷駁回了？

難道是因爲拿出珍稀的高等道具拍賣，才能彰顯高貴龍族的身分？

希爾瞪大眼睛，不放棄地追問：「爲什麼？」

「我的收藏裡沒有那種東西。」言下之意就是，普通道具他看不上眼。

「這樣坐吃山空眞的可以嗎？」希爾無奈地扶額。要是他們多來幾次拍賣會，法洛的收藏品不就要揮霍一空？

「你是擔心我沒辦法養你嗎？」法洛邊說邊拿了另一塊草莓蛋糕給希爾，「這蛋糕還不錯。」

「不是這個問題！」雖然法洛提過要養他，但是他可沒想過要眞的靠法洛養一輩子啊！

「放心好了。」法洛自信地笑，完全沒有理解希爾的意思。

他們這次到得比較早，吃了幾塊點心後，拍賣會仍未開始，於是法洛興致一來，打開了包廂門，打算帶著希爾出去逛逛。

沒想到，他們走沒幾步就遇見熟人，希爾向迎面走來的那人開心地打招呼：「納特！」

藍髮青年的視線對上兩人，露出慵懶的笑容：「嗨，希爾、法洛。」

「你爲什麼在這裡？」法洛皺眉質問。

納特笑著環顧四周，不解地反問：「我不該在這裡？」

「納特是來賣東西的嗎？」希爾注意到，納特身邊領路的人也是拍賣會侍者。

「身爲一個道具修復師，難免會經手幾件特別的魔法道具，交給拍賣會待價而沽不是很正常的嗎？」納特嘆了口氣，露出愁苦的表情，「在格菲爾生活不容易啊，畢竟我還有弟弟要養呢。」

法洛聞言，饒有深意地看向希爾，彷彿想說「我也有一個人要養」。

「倒是你們來賣什麼呢？」納特的語氣好奇中帶了幾分揶揄，似乎期待著法洛的答案。

英明的惡龍閣下不是有問必答的好學生，只見他理所當然地回了句：「爲什麼要告訴你？」

對於法洛的反應，納特也習慣了，他又懶懶地笑著：「難得在這裡遇上認識的人，不如我和你們同一個包廂吧？」

「好啊！」

「不好！」

希爾疑惑地眨眨眼睛，偏頭問法洛：「爲什麼不好？」

「我不想和他待在同一個空間。」

「可是在希望之秋的時候，不是好好的嗎？」

法洛一時語塞，竟找不到充分的理由，只能眼睜睜看著希爾帶領納特前往包廂。最後，法洛只好勉強接受和納特同處一個包廂，並且以不和納特坐同一張長沙發當作抗議。

今晚的拍賣品大多是珍貴的魔藥和少見的魔法道具，雖然稀有卻不到令人驚歎的地步。儘管如此，參與拍賣會的嘉賓們仍按捺著性子，等待最後一項拍賣品登場。

「現在，重頭戲要來了，這是紅石商會的拍賣會史上第一次，連續十場都以同一項物品作爲最後的拍賣品。今天最後的拍賣品就是——龍血。」

當主持人說出拍賣品的名稱時，全場響起熱烈的掌聲和口哨聲，顯然多數人皆是爲了龍血而來。

「關於龍血的功效，想必大家都已經聽過不少，但還是請讓我爲各位貴賓詳細介紹。」美豔的主持人甜甜笑著，對臺下競拍者鞠了一個躬，待場內重新安靜下來後，繼續說道，「龍血是最佳的魔法增幅劑，在施展魔法和傳送陣時使用一些龍血，可以節省大量的魔力，又或者魔力不濟時，喝一點龍血便能夠恢復大半。龍血還可以增強人類的身體機能，對劍士系職業同樣很有幫助。」

在主持人介紹時，納特注意到法洛不悅的臉色，淡淡地笑問：「你看起來不太開心啊？」

「那又如何？」

「法洛最近心情不好，沒有別的意思。」希爾急忙解釋，以免被納特發現法洛的態度是源於對拍賣龍血的厭惡。

「你們想競標龍血嗎？」納特依然笑著，一副興味盎然的樣子，像是非常期待法洛的反應。

「你想嗎？」英明的惡龍閣下似乎習慣了用反問代替回答。

納特聳聳肩，兩手一攤：「我一個小小的道具修復師，要經營一間鋪子還得拉拔弟弟，哪來多餘的錢買這種奢侈品？」

納特說得眞誠，又是嘆息又是無奈，還做出拭淚的動作，聽得希爾滿臉同情，法洛忍不住低聲說：「別相信他。」

拍賣會主持人的說明尚未結束：「即使紅石商會已經連續十場端出龍血拍賣，但下一場還會不會出現龍血，商會也不敢保證。畢竟自從滅龍戰役後，已經長達五百年沒有人見過龍族，龍血的取得十分可遇不可求。」

「這些說詞都是爲了哄抬價格，下週八成又會說一樣的話。」納特喝了口白葡萄酒，一臉陶醉，「清新的果香配上綿密的氣泡，這肯定是出自金牌釀酒師的絕品佳釀。可惜你們還是孩子，不能喝酒。」

「你知道得眞清楚。」法洛直勾勾地盯著納特，冷冷地說，不知是回應納特的哪句話。

幾句話的時間，龍血的競拍開始了。

「咦？是凡諾斯教授！」希爾指著其中一個出價的人。

拍賣場內的賓客席中，中間靠後的那排座位上有個身穿黑色魔法師袍的男子，他的銀灰色頭髮鬆鬆綁在腦後，戴著細框眼鏡，模樣不差卻沒怎麼打理外表，正是新任的魔法理論課教授。

凡諾斯並未喬裝，看來似乎不在意會不會被認出來。

「魔法學院裡的教授？」納特順著希爾的視線望去。

「是他。」法洛肯定地點頭。

「學校的教授不能來拍賣會嗎？」希爾好奇地問。

「只要拿得到邀請函就能進來，誰管你是教師還是王族、貴族、平民，甚至盜賊呢？」

「要如何拿到邀請函呢？」希爾認爲這個問題非常重要，若是能弄清楚，以後法洛就不用每來一次拍賣會就要賣一樣珍貴道具了。

「邀請函不是想索取就會給的。」納特又啜了一口白葡萄酒，不疾不徐地說，「紅石商會會主動發送邀請函給財力雄厚的王公貴族，或者各領域的領頭人物，偶爾也會發給手上有他們希望取得的物品的人。」

「那就是沒辦法拿到邀請函了。」希爾有點失望。

「也可以讓有邀請函的人帶你進來，或者從有邀請函的人那裡拿到邀請函，反正只認邀請函，不認人的。」

主持人在臺上喊得聲嘶力竭，令人不由得把注意力轉回正在進行的競拍。

「各位貴賓，現在這瓶龍血的價格來到了一萬金幣！還有沒有要加價的？」

場中的競拍者聽見這個價格後頓時沒了聲音，畢竟這是第十週拍賣龍血了，大家都存著今天沒拍到下週再來的心思，不想把價格抬得太高。

主持人第三次喊價，就在即將成交的時候，一個低沉的嗓音喊道：「兩萬金幣！」

全場一陣騷動，大家都在找是哪個有錢沒處花的笨蛋。已經臨近成交了，哪有人加價直接翻倍的？

只見凡諾斯仍是那副散漫的模樣，笑嘻嘻地問：「兩萬金幣，應該夠了吧？」

法洛望向凡諾斯，表情沉凝，顯然正在思考：「他爲什麼要買龍血？」

「自用或者送人？總之不會是什麼目的也沒有。」納特微微瞇起眼睛，饒有興致地說。

最後，凡諾斯教授順利拍下了龍血。

這個結果讓納特嘖嘖稱奇：「魔法學院教授的薪水有那麼優渥嗎？不知道還收不收人啊？」

時間來到週末，雖然法洛認爲不需要，希爾仍堅持必須爲公主殿下的生日準備一份禮物。兩人都走在格菲爾的街道上了，還在爲買禮物的事爭論。

「她都說她在王宮裡長大，不缺東西了。」英明的惡龍閣下不悅地表示。

「這是禮貌。」希爾深覺要教一隻龍懂得人情世故實在心累，「而且公主殿下還好意送了兩瓶龍血給你，總是要回禮啊！」

「那是因爲我救了他們。」法洛不以爲然地撇撇嘴，悶聲道，「你都還沒送過我生日禮物。」

「因爲你沒說過你哪天生日！你說了我就會幫你準備……只是不會是什麼昂貴的禮物。」希爾越說越小聲。

該送什麼禮物給一隻龍呢？這種問題他從來沒想過。

「眞的？」

「眞的。」

「那就今天。」法洛眼裡流露出狡黠的光芒，嘴角往上揚起，笑容令原本就長得好看的他更顯神采飛揚。

希爾搖了搖頭，讓自己清醒一點別被迷惑，鎮定心神後，換成他認眞地問：「眞的？」

「我不曉得，其實從來沒有人告訴我生日是哪天，我是個孤兒，或者說——孤龍？」不知是眞的不在意，還是故作堅強，英明的惡龍閣下無所謂地笑了笑，「但有什麼關係呢？如果你不喜歡今天，那不如訂我們相遇的那一天？」

希爾原本以爲法洛是在捉弄他，還想要生氣，但聽到法洛的回答後，他頓時覺得過意不去，垂下頭認錯：「抱歉，我不知道這些事，要是讓你感到難受了，我向你道歉。」

「有什麼好道歉的？記得準備我的生日禮物。」法洛說完，眼睛一亮，「我也該準備一份給你。」

「我會準備禮物給你，不過我的禮物就不用了，你已經送我很多東西了。」

書、水壺、調味瓶，還有一半的生命力。

這世上最珍貴的禮物我已經收到了——希爾在心裡默默地說。

即便希爾婉拒了，法洛仍興致勃勃地挑起禮物，在市集上每個攤子前仔細地一樣一樣挑選。

法洛從書攤上拿起一本書，詢問希爾：「你喜歡這本書嗎？」

「《和龍族相處的十個技巧》？」希爾有點被書名吸引，但是看了看作者簡介後，發現有些不對，「這個作者才二十歲，並沒有任何和龍相處的經驗，可信度太低了。」

希爾說著，心想或許哪天他可以寫一本更有說服力的書。

「我認爲寫得很好。」

居然被傳說中的惡龍稱讚了？這本書肯定有什麼問題！於是，希爾翻到目錄頁：「十個技巧分別是體貼、關心、耐心、毅力、順從……」

還沒看完，希爾就決定闔上書，當他準備把書放回攤位上時，又發覺哪裡怪怪的，於是打量了下書封，書皮似乎是最近才黏上去的。

「怎麼了？」

「這本書好像換過封面。」

「撕下來就好了。」法洛一副無所謂的樣子。

書攤的老闆聞言，立刻出聲阻止：「等一下！你們還沒買，不可以破壞書籍！」

財大氣粗的惡龍閣下從希爾的錢袋裡掏出一個金幣，塞給老闆：「這本書我買了，不用找錢。」

看到是金幣，老闆一秒堆滿笑容：「好的好的，這本書就賣給你們了。」

「給一個金幣太多了。」希爾扯住法洛的袖子，可法洛裝作沒聽見。

由於買了書就當著老闆的面撕書太尷尬，所以希爾等走遠了才拿出剛買的書，小心翼翼撕開畫了一隻粉紅色飛龍的書封。

眞正的封面露出來後，兩人都愣住了。

希爾不敢置信地唸出這本書的眞正書名：「《和異性相處的十個技巧》？」

「我要回去！」傳說中的惡龍臉色相當難看。

「等等，算了吧。」希爾擔心盛怒的法洛會把書攤老闆給怎樣了，連忙拉住打算往回走的惡龍閣下。

「不行，我要去找攤主。」

希爾也覺得法洛吃了大虧，但他依舊爲書攤老闆的人身安全著想，拉著法洛的袖子，語重心長地勸道：「這種事本來就偶爾會發生，你不要生氣啊！」

「我沒有生氣。」

「那你要回去做什麼？」

「我想去問有沒有《和同性相處的十個技巧》。」

希爾頓時一陣無語，默默放開法洛的袖子：「你要去就去吧。」只要不是去傷害人，他沒有意見。

片刻後，法洛眞的帶著一本《和同性相處的十個技巧》回來了。

希爾正想開口，卻被法洛搶先道：「攤主說這本書滯銷，就當贈品送給我了。」

看著面有得色的法洛，希爾突然不知道該說什麼。他到底該不該誇獎一隻龍總算懂得了節儉的美德？可是，那是因爲他先亂花錢付了一個金幣啊！

而且那本書的書名也太奇怪了……

兩人爲了買禮物逛了一整天，城西的市集逛完，便沿著中軸廣場往南走，來到城南時還去了帝都最有名的酒吧「妖精翅膀」喝了蘋果汁。

「再來去城東的商店街逛逛吧。」出了酒吧，英明的惡龍閣下隨即決定好下一個目的地。

「去那裡做什麼？」雖然才剛歇過腳，提著大包小包戰利品的希爾仍只想趕快回宿舍。公主殿下的禮物買好了，他也收到法洛送的禮物了，還缺什麼東西嗎？

「我記得那裡有間訂製服裝店的品味還可以，就是去拍賣會的路上常經過的那間。」

「訂製服？」

「不是要參加舞會嗎？你該不會要穿學校制服，或者這身破舊的外出服去？」

「我以爲衣服只要整齊乾淨就可以了？而且我身上的衣服是舊了點，但是沒破吧？」希爾抬起手檢視自己所穿的服裝，確定沒有哪裡破了個大洞春光外洩。

「要有破洞還不簡單？」法洛笑得讓希爾心裡發毛。

「我不是這個意思啊！」希爾後退兩步，和法洛拉開距離，即使他明白這點距離對於能瞬發魔法的惡龍閣下來說沒什麼意義，不過就是感覺心安一些。

「那你是什麼意思？」法洛單手撐著下巴，審視的目光落在希爾身上，似乎在研究該弄破衣服的哪裡好。

「就是……太花錢了，而且我快提不動東西了。」希爾展示滿手的包裹和提袋，這重量已經是體弱魔法學徒的承受極限。

法洛接過希爾拎著的東西，在手上掂了掂，神態輕鬆：「這點重量還好嘛。」

不等希爾反駁，英明的惡龍閣下順手把所有物品收進附加了空間魔法的袋子，無辜地說：「提不動就早點講，我又不會勉強你。」

那之前是誰買了東西都不自己提的啊！有那麼方便的收納袋，怎麼不早點拿出來！你沒發現我提得手很痠嗎！

希爾只敢在內心哀號。

不知是不是猜到了希爾沒說出口的話，英明的惡龍閣下笑了笑：「魔法學徒的體力太差，適度的鍛鍊是必須的。」

希爾分不清法洛是真的出於好意要訓練他，還是單純爲自己的行爲找藉口，總之，他的兩條手臂痠得不想再提任何東西了：「英明的法洛閣下，今天的鍛鍊應該夠了吧？」

「夠了，不過訂製服裝店還是要去。」

於是，在法洛的堅持下，二人都在訂製服裝店「裁縫的剪刀」訂製了一套禮服、兩套常服。

被店鋪的美女裁縫笑著送出店門後，今天的購物行程終於結束。

走在回學校的路上，法洛直盯著希爾瞧：「你怎麼還在臉紅？」

「什麼？臉、臉紅？我沒有……」希爾窘迫地搗著臉。

「打從那個裁縫幫你量尺寸開始，你就臉紅了，你是不是喜歡她？」

「不是的，因爲……因爲靠得太近了！」希爾想了一個理由試圖說服法洛，也說服自己。

「只要靠得很近，你就會臉紅？」法洛不相信地靠近希爾，「我試試看。」

見惡龍閣下越來越逼近，希爾連連後退，急中生智之下摸著肚子問：「我餓了，一起去吃點東西吧！諾亞家的鹹派如何？」

「可以。」英明的惡龍閣下點頭，不忘對希爾說，「臉紅的測試下次繼續，畢竟也要等你的臉不紅了，進行的測試才準確。」

以爲逃過一劫的希爾頓時笑不出來了。

誰可以讓傳說中的惡龍不要對奇怪的實驗感興趣啊！

當法洛和希爾來到鹹派鋪時，發現鋪子前排了十多個人。鋪子生意好，希爾心裡也為好友開心，拉著法洛跟著排隊，由於正好趕上鹹派出爐的時間，沒等多久就輪到他們了。

「我要兩個蘑菇口味的。」

「好的，請稍候……」抬頭看到是熟人，諾亞馬上開心地大叫，「希爾！法洛！你們總算來找我了！」

「希望沒打擾到你。」希爾不好意思地說。

「不會的，忙了一整天，下午客人比較少，剛好該休息了。裡面坐吧！」諾亞對在旁邊烤鹹派的壯碩男子說了一聲，「爸，我的朋友來了，我去陪他們一下。」

「好，這裡交給我吧。」諾亞的爸爸爽朗地笑，比了個手勢表示沒問題。

「街上好像變熱鬧了？」法洛望向比平常假日還擁擠的街道。

諾亞點頭：「到處都是冒險隊的成員，多虧了那些人，生意比以前好上不少。」

「冒險隊？最近哪裡有高額懸賞嗎？」希爾疑惑地問。

端著鹹派進來的喬聽見孩子們的討論，開口插話：「還不是因為龍血又出現了。紅石商會一連十週拍出龍血的消息，大家都知道了啊！」

「那又怎麼樣？」諾亞不解。

「哎呀，你這孩子腦袋怎麼這麼不靈光？」喬嘆了一口氣，對著自己的兒子搖搖頭，「這代表消失了五百年的龍，說不定又出現了。」

法洛臉色一沉，希爾瞥了眼法洛，忍不住擔心地問：「所以，那些冒險隊的目標是……」

「就是龍。」

打從得知格菲爾境內出現大量屠龍冒險隊後，傳說中的惡龍就始終沉著臉，回到宿舍後連最喜歡的旅遊書都不看了，只是獨自坐在窗臺邊默默望著星空，不知道在想些什麼。

希爾在晚餐後消失了好一陣，鄰近門禁時間才匆匆回來。

「去哪了？」法洛沒有回頭，但他曉得進門的是希爾。

希爾捧著一個紙盒走到法洛面前：「送給你。」

法洛這才回過頭，訝異地看著希爾手上的紙盒，和似乎燙傷了的手指和手腕。

「這是我做的蘋果派，可能沒有王室烘焙師做得好，不過我吃了一個，味道還可以。」希爾怯怯地說，生怕被拒絕。

「你爲什麼要做這個？」法洛注視著眼前的蘋果派，和希爾手上的燙傷，覺得開心又有點不忍，某種不曾體會過的情緒在心中翻騰。

「因爲你說了今天是你的生日，所以這是生日禮物。你很清楚我沒什麼錢，再加上這是要送你的禮物，也不好意思拿你的錢買，所以我就自己做了。」希爾以爲法洛不喜歡，縮手想把遞出的紙盒收回。

發現希爾的意圖，法洛立即說：「不准動！」

希爾停住動作，以爲發生了什麼事。他左看右看，房間裡的擺設還是一樣，窗外也一切如常，沒有任何危險的跡象，就是感覺手上暖暖的——

低頭一瞧，法洛居然正在用治癒術治療他手上的燙傷，受寵若驚的希爾趕緊制止：「沒關係的，只是烘烤的時候不小心碰到烤爐，過幾天就好了，你不要隨便浪費魔力啊！」

法洛一手抓住希爾那隻想抽回的手，另一手的治療術沒停，目光落在紙盒裡烤得不算美觀的蘋果派，低聲說了句：「謝謝。」

希爾懷疑自己是不是聽錯了。

傳說中的惡龍是在向他道謝嗎？

這是《不可不知的惡龍劣跡》裡記載的、驕傲自大的米格底里斯？

這是時不時就要他跑腿買蘋果汁、借書、寫作業、抄課文，卻從沒說過一句謝謝的法洛？

這時候怎麼突然就說了？

「你說什麼？」

「沒聽到就算了。」

龍族都這麼不坦率嗎？

希爾默默嘆了口氣，不過瞧了一眼已經完全恢復、看不出燙傷痕跡的手，他又覺得沒關係了。

畢竟這就是法洛，如果哪天法洛變得坦率有禮貌，他肯定會懷疑是不是想對他惡作劇。

豁然開朗的希爾綻開燦爛的笑容，誠心說出祝福。

「法洛，生日快樂！」

法洛拿出蘋果派，咬了一口：「味道不錯。」

「真的？還是校長做的蘋果派好吃吧？」希爾有些心虛。雖然味道還可以，但他心知肚明這稱不上是個完美的蘋果派，比如派皮不夠酥脆、蘋果熟度選得不夠好、熬煮蘋果醬的時間太久……

沒想到法洛卻回應：「比那個還好吃。」

「怎麼可能？」

法洛別過頭，輕聲地說。

「這可是爲我而做的蘋果派。」

第四章　公主的生日舞會

公主殿下生日當天下午。

希爾小心翼翼地把準備好的禮物拿出來，再三確認沒有問題後，細心地以漂亮的包裝紙包妥，接著用緞帶綁上一個蝴蝶結。

法洛翻閱著《生日禮物的私密訊號》這本書，皺眉問希爾：「為什麼你送給我的禮物沒有綁蝴蝶結？」

「英明的法洛閣下，我烤好蘋果派後就裝進盒子裡送給你了，為什麼還要綁蝴蝶結？」希爾拿起包好的禮物打量，調整了一下蝴蝶結的角度。

惡龍閣下翻到書頁被摺起一角的某頁，確認內文後對希爾說：「書上寫禮物綁上蝴蝶結，代表珍視的意思。」

花了幾個小時親自採買、製作、烘烤、試吃，這還不夠珍視嗎？

希爾揉著有點痛的額角，把禮物收好後問：「冒昧請問那本書還寫了什麼？」

傳說中的惡龍饒有深意地盯著希爾，笑得高深莫測。希爾心中湧現不好的預感，法洛把書上的一段文字唸出來：「送食物代表『請你吃掉我』，送甜食代表『想成為你的甜心』。」

「這其中一定有什麼誤會！」希爾大叫，同時搶過那本書，睜大眼睛閱讀內容，發現確實是這麼寫的。嚇得不輕的希爾鄭重地教育法洛，「請不要看奇怪的書好嗎？」

「這是爲了增加有用知識。」

「請問有用知識的定義是？」希爾之前就想問了。

「就是我現在想知道的事。」法洛說得理所當然。

「你現在想知道的是什麼事？」

法洛看著希爾，深紫色瞳孔中閃過一絲猶豫。他沉默了片刻，像是在琢磨措詞，最後才回答：「關於人類的事。」

原來傳說中的惡龍是在嘗試理解人類。雖然看的書奇怪了一點，希爾仍欣慰地點點頭：「想了解什麼直接問我就好了。」

「好。」

公主的生日舞會舉行地點自然在王宮裡，王宮是一座雄偉的美麗城堡，以從坦頓山脈深處運來的堅硬石塊砌成，每個石塊都有半個成人高，顯見當年的建築工藝已經非常進步。王宮守衛檢查了希爾和法洛持有的邀請卡後，便允許兩人通行。

他們走在寬敞的石板大道上，身邊經過的馬車不是刻著王族就是貴族的家徽，再不然也有大商會的標誌，無一不是裝飾華美。

相較之下，步行的兩人顯得特別突兀。

走了一小段路後，希爾突然駐足不前，一臉糾結地看著邀請卡。

「你怎麼停下來了？」

「卡片上只寫了舞會地點在王宮，可是王宮那麼大，該往哪裡走？」

「我怎麼曉得？」法洛聳聳肩，眼睛一亮，微笑著提議，「我們現在回去也是可以的。」

「不行，都答應公主殿下了。」

就在法洛和希爾爭論間，有輛馬車停在了兩人旁邊，身穿優雅正裝的尼爾探出頭來：「法洛、希爾，我們的馬車還有位子，一起去吧？」語畢，他又轉頭問車廂內的人，「可以吧？」

那透著傲慢和優越感的語調無比熟悉：「看在伊芙琳的面子上，我就勉爲其難地同意了。上來吧。」

有車可坐，當然沒必要走路，即使是傳說中的惡龍，在這種情況下也選擇按捺住脾氣，坐上有著紅石商會標誌的馬車。

馬車內很寬敞，坐了四個人也不顯擁擠。

「你們準備了禮物？」海曼不屑地瞧著希爾拎著的禮物盒。

法洛沒打算回答，上了車他便自顧自地欣賞窗外景色。在夜色下，點起鵝黃燈火的雄偉城堡增添了溫暖的氣息，對平民來說，能這樣近距離觀賞的機會並不多。

獨自面對海曼的希爾只好有些窘迫地回答：「是、是的，雖然不是什麼貴重的東西。」

尼爾面露微笑，像是在安撫希爾，示意他不用緊張：「你們準備了什麼？」

對方友善的態度令希爾的侷促感減輕不少，認眞地說：「一點來自西方村落的零食。價格不昂貴，不過因爲路途遙遠，所以不是經常能買到，難得在市集上看到了，就想送給公主殿下。」

「居然送零食？」海曼嫌棄地說。

尼爾則笑笑地回應：「伊芙琳會喜歡的。」

「眞的嗎？太好了！」

馬車繞了小半圈，抵達城堡的中心區域，一下車就有一小隊侍從前來迎接。一部分的人負責將賓客帶來的禮物送至禮品室，其餘人馬則將四人領到了舞會地點。

伊芙琳公主是現任帕米爾帝國國王最疼愛的獨生女，從小吃穿用度無一不講究，她的生日舞會也盛大而隆重，就辦在王宮裡最大的宴會廳。

四人雖然是一道來的，然而海曼和尼爾進入宴會廳後，便去和其他相熟的貴族打招呼了，留下法洛和希爾觀察起周遭環境。

宴會廳的空間十分開闊，前方有座半人高的平臺，擺了三張紅色絨布鋪面的燦金座椅，中間那張椅子椅背特別高，看來是國王的座位。平臺旁有一組二十多人的宮廷樂師樂團，在舞會正式開始前，爲賓客們演奏著輕柔的背景音樂。

地板的樣式是棋盤般的黑白相間格子，左右牆壁的柱列高聳直達天花板，其上雕刻著象徵王室的花紋，柱列間的壁面則是一幅幅描繪開國戰役的畫像，往上看能見到造型繁複的穹頂，和華麗貴氣的水晶吊燈。

「哇！好漂亮！」

「還可以。論氣質和典雅，還是精靈王的宮殿略勝一籌，這種財大氣粗的風格一看就曉得是亞瑟的喜好。」

亞瑟？難道是帕米爾開國雙雄之一的亞瑟國王？希爾瞪大了眼睛，暗自驚訝。

法洛從端著托盤穿梭在人群間的侍者手上拿了兩杯無酒精特調，遞給希爾：「喝喝看吧，不是什麼稀罕的東西，但能喝到的機會畢竟不多。」

「謝謝。」希爾注視著高腳杯內漂亮的粉紫色液體，即使有點猶豫，他仍啜了一口，隨即誠心地讚美，「眞好喝。」

「還好有我陪你來，否則在這裡多無聊？」法洛環視周遭，有感而發。

這裡每個人都精心打扮，女士們身穿漂亮的晚禮服，挽起髮絲佩戴首飾，男士們則抹上髮油梳理出格菲爾最流行的帥氣髮型，同樣穿著合身的訂製禮服，幾乎清一色是白襯衣黑長褲的搭配，不過外套的變化就多了。五顏六色的硬挺毛呢外套上繡著各式金線花紋，若是高階魔法師、大劍士這類高等職業，還會把代表職業階級的紋飾也繡上。

法洛和希爾穿的雖是質料上等的訂製禮服，可是沒有彰顯身分地位的家徽，也沒有高等職業的紋飾，所以賓客們大多繞開他們，使兩人在熱絡說笑的男男女女間顯得格格不入。

「謝謝你陪我來。」希爾第一次置身這種場合，心裡難免忐忑不安，此時的他眞心覺得旁邊有個熟識的人實在太好了。

「禮物送完了，能不能走了？」

「不太好吧？」

「爲什麼？」

法洛的問題考倒了希爾，雖然用一句「這是禮貌」就能說明，但對於無拘無束的龍族而言，必須遵守人類禮節這個理由似乎不夠充分。於是，希爾只好厚著臉皮說：「既然來了，不是應該吃些餐點再離開嗎？」

「說的也是。」英明的惡龍閣下點點頭，給予希爾一個嘉許的眼神。

在這個聚集了眾多王族與貴族的場合，法洛的外貌和氣度依然不落下風，他姿態從容，傲然而立的身姿猶如不慎遺落在石頭堆裡的寶石般，耀眼奪目，令不少貴族小姐忍不住將視線投向他。

在英明的惡龍閣下冷著臉拒絕了幾個女孩的攀談後，樂聲響起，眾人安靜下來。迎賓曲之後是一首僅有國王出席的場合才會演奏的樂曲，只要是帕米爾帝國國民，都明白這代表國王陛下即將現身。

一列王族侍衛從大門進來，左右排開中央走道上的人群，迅速鋪上紅毯。接著，盛裝的萊恩國王帶著今天的主角伊芙琳公主，以及安東尼王子，緩步出現在眾人眼前，宴會廳裡響起如雷掌聲。

萊恩國王年約半百，精神奕奕、笑容爽朗，結實魁梧的身材顯示他在國務繁忙之餘仍不忘鍛鍊。跟隨其後的王子殿下看起來比伊芙琳大上幾歲，有著一頭金髮，舉手投足流露出王族特有的氣質，面目俊朗，吸引了不少女孩的注意。

國王領著一對兒女走上平臺，面帶微笑環顧全場，顯然心情不錯。

「各位在場貴賓，感謝你們來參加伊芙琳的生日舞會。今天是她滿十七歲的日子，時間過得太快了，我總覺得她還是以前那個坐在我肩上的小女孩。」察覺到身邊女兒嗔怪的目光，萊恩國王打住了話，輕咳一聲後才續道，「今天是伊芙琳的生日，我就不長篇大論破壞大家的興致了。我現在正式宣布，舞會開始！」

宮廷樂師們奏起節奏明快的熱鬧樂曲，萊恩國王慈愛地輕擁了一下伊芙琳，然後退到一旁，讓公主殿下站在舞臺中央。

「謝謝大家今天撥空來參加。」伊芙琳身上是一襲白色絲質晚禮服，禮服上多處以蕾絲花朵裝飾，俐落的合身剪裁將她的身形襯托得優雅迷人，成爲今晚無庸置疑的矚目焦點。

公主殿下笑容甜美，落落大方地向眾人表示：「即將開始的第一支舞，往年我的舞伴都是事先安排好的，但今年我想在參加的賓客裡隨機挑選一位。」

伊芙琳說完，宴會廳裡響起一聲聲驚呼，法洛和希爾饒有興致地聽著身邊賓客的低聲討論。

「原來以往公主殿下的舞伴都是安排好的。」

「我還想過怎麼不是安東尼王子，就是舒曼商會的獨子？」

「那是兄長和兒時玩伴嘛！現在公主長大了，有自己的想法也是正常的。」

「你們知道第一支舞的意義嗎？」

「壽星有權挑選第一支舞的舞伴，通常會選擇有好感的對象，有個說法甚至認爲這等同於告白。」

傳說中的惡龍突然插了句話：「可以拒絕嗎？」

那人看了一眼法洛，顯然覺得奇怪，接著嚴正地說：「不行，被挑選爲第一支舞的舞伴是非常榮幸的事，而且對象是公主殿下，誰會拒絕呢？」

「公主殿下的第一支舞舞伴會是誰呢？」

「噓，要開始了。」

大家這才將注意力拉回來，只見公主殿下緩緩走下舞臺。

幾位年輕男士若有意似無意地往前站了幾步，然而伊芙琳越過他們，臉上帶著優雅的笑容，原本聚在一起的人們見她走來，紛紛讓出一條路。

最後，伊芙琳來到人群的後端，站定。

「我能夠和你跳這支舞嗎？」公主殿下的神情流露出幾分靦腆，輕聲喚道，「法洛。」

英明的惡龍閣下把目光轉向希爾。

我可以拒絕嗎——讀懂法洛的眼神，希爾立刻用嘴型說「不可以」，並且劇烈地搖頭。

法洛沒有馬上答應，使伊芙琳陷入了尷尬的處境，在她僵笑著的同時，四周響起竊竊私語，大家都不曉得發生了什麼事。

龍族的聽力一向不錯，所以法洛當然也聽見了。在人群間，某位出身自舒曼商會的老同學以不滿的語氣說：「法洛，不要不知好歹！尼爾，你別拉我，讓我去教訓那個不懂禮儀的鄉巴佬！」

不懂禮儀嗎？

人類的禮儀有什麼難的？

傳說中的惡龍在心裡不以爲然地發牢騷，決定要讓人類見識一下龍族的優雅儀態。

於是他勾起嘴角，露出帥氣逼人的微笑，在眾人的注視下彎腰行了一個標準的紳士禮。那對深紫色眼瞳凝視著伊芙琳，嗓音帶著惑人的磁性：「這是我的榮幸。」

不少貴族女孩朝公主殿下投以羨慕的目光，而伊芙琳更是少見地臉色一紅，害羞地垂下視線。

隨後，法洛向伊芙琳伸出手，公主殿下將手搭上，兩人並肩走向宴會廳中央。

伊芙琳的好友莉莉絲今晚也盛裝出席，她穿著粉色露肩小禮服，蓬蓬的蕾絲裙襬和腰際束起的蝴蝶結，使她顯得非常可愛，俏麗的外型被襯托得更加迷人。

莉莉絲總是跟在公主身邊，因此光芒始終被掩蓋著，當兩人一同出現時，大家往往只看見公主殿下，忽略了這位公爵千金。今天有不少人是第一次認眞地看一看這位貴族少女，同時讚歎起莉莉絲的美。

在伊芙琳邀請完舞伴後，莉莉絲走向平臺，她先是朝臺上的萊恩國王鞠了一個躬，接著轉向安東尼王子：「王子殿下，請問可以和您跳一支舞嗎？」

莉莉絲的表情含羞帶怯，說完便低下頭，不敢直視安東尼，再遲鈍的人都能看出她喜歡王子殿下。

安東尼原本打算陪著萊恩國王，不下臺跳舞，此時不禁微微一愣。萊恩國王呵呵一笑，拍了拍兒子的手臂：「是休斯頓公爵的女兒啊，你去吧。」

王子殿下點點頭，隨即走下平臺，對著莉莉絲燦爛一笑，單手放在胸前彎下腰，朝莉莉絲遞出手，風度翩翩地說：「能和漂亮的女士共舞是我的榮幸。」

其他人包括海曼和尼爾見狀，也紛紛尋找起自己的舞伴，大部分的人都是早就約好了的。

意識到自己落單了，希爾舉目四望，尷尬地尋找有沒有自己能待的地方。那個站著宮廷侍者們的角落似乎不錯？

希爾邁開步伐，但一名好心的貴族女孩在這時走近他：「會長大人，可以當你的舞伴嗎？」

「啊！凱莉？當然可以。」希爾一臉「得救了」的表情，鬆了口氣，「妳怎麼會在這裡？」

凱莉是梅姬的室友，法洛後援會的成員之一，是個熱情活潑的女孩。她爽朗地笑著說：「我父親是國王陛下的遠房表親，我跟來看熱鬧。」

「謝謝妳。」有了小蝴蝶救援，希爾總算不必去角落和宮廷侍者們站在一起。

希爾還想說點什麼時，優美的樂聲奏起，全場頓時靜默，第一支舞正式開始。

宴會廳裡的焦點自然是壽星公主殿下，和不知來歷但外表氣度勝過貴族的惡龍閣下。眾人大多自恃身分，沒有過於失禮地投注目光，不過心裡都在猜測這名幸運被公主選中的少年究竟是誰。

伊芙琳一隻手搭在法洛肩上，另一隻手輕握法洛抬起的手，法洛雖然不怎麼願意和公主跳舞，至少儀態架式完全符合標準宮廷舞的要求，就算王族的禮儀課教師來看都挑不出毛病。

所有人準備就緒，隨著指揮棒揮下，悠揚的音樂奏起，每對男女都牽起手，跟著三拍子舞曲轉圈、滑步，在舞池裡穿梭。裙擺搖曳、人影交錯，畫面整齊優美。

伊芙琳從小就接受嚴格的各項教育，宮廷舞是必修課程之一，跳得好是理所當然；而令人意外的是，法洛的舞姿也相當標準，每一個舞步都難不倒他，作爲公主的舞伴絲毫不顯失色——應該是說非常出色——導致有幾位男士發現舞伴的目光不在自己身上。

倒是會場後方的某一對跳得不太順利。

「噢！」凱莉悶哼一聲，她的腳被踩到了，「會長大人，你的舞技似乎不是很好。」

「抱歉，我沒想過有天會需要跳宮廷舞。」手忙腳亂的希爾在說話的同時，又踩了凱莉好幾腳。

「收回前言，你的舞技不僅不是很好，而是差到極點。」由於曲子尚未結束，凱莉只能忍著痛，同時和希爾稍微拉開一點距離。

希爾垂著頭，沮喪地道歉：「對不起。」

「算了，畢竟像法洛那樣長得好看、成績好、魔法實力深不可測，連舞技也很厲害的人，實在太少見了。」身爲法洛後援會成員，凱莉沒有錯過觀察法洛的機會。

「其實也是有一些缺點的。」比如說態度冷淡、不近人情、沒禮貌、動不動就批評人類……幾乎不用思考，希爾就能在心裡列舉出這麼多。

凱莉忽略希爾的話，又被踩了一腳的她終於忍不住說：「除了魔法，你也該和法洛學學跳舞吧？」

「不行吧，我和他跳的話，誰要跳女步？」宮廷舞分爲男步和女步，若他要和法洛學的話，總得有個人跳女步。

「法洛不適合跳女步。」凱莉神情糾結，「我無法想像那個畫面。」

言下之意就是希爾得委屈一下，這下換希爾糾結了。

「法洛肯定不會願意跳女步，那就只能我跳了。可是我學女步做什麼？」

這個問題凱莉也無法回答，不僅是因爲她想不出答案，同時也因爲這支舞即將進入尾聲。樂音漸弱又拔高，在一陣激昂的旋律中，眾人抬腿轉圈後結束。

舞畢，雙方互相行禮，完成今晚的第一支舞。

結束後，多數人都還會和舞伴再多聊幾句，互有好感的男女甚至會要兩杯酒到陽臺上耳鬢廝磨，說些悄悄話。

只有法洛在行禮後就像總算完成任務似的，頭也沒回地丟下伊芙琳一個人在舞池，獨自去和希爾會合。

「我累了，想吃點什麼。我剛才好像看到了捲心麵和蘋果派？」法洛一跟希爾碰頭就是這麼一串話，說完，他狐疑地看向希爾身邊的凱莉。

「這是我的舞伴，凱莉。」

「你這麼快就背著我找到了舞伴？我們似乎見過？」法洛瞇起眼睛打量凱莉，女孩子化了妝和平日素顏的模樣還是有落差的。

「我是編號003的小蝴蝶，負責水曜日的圖書借閱，並參與後援會月刊的編輯。」凱莉興奮地自我介紹。即使身爲後援會成員，大部分的人都是像小精靈一樣默默工作，極少有機會和法洛對話。

「哦，原來是小蝴蝶。」

法洛愉快地跟希爾及凱莉閒聊，只有極少數人注意到被法洛拋下的公主殿下表情有一瞬的落寞。但她隨即微微一笑，裝作不在意地從舞池中央返回平臺上，神情自若地和萊恩國王談天，只是萊恩國王不免對法洛多看了兩眼。

興許是察覺法洛的刻意冷落，不想在大庭廣眾下弄得自己尷尬，自從跳完舞後，公主殿下便專心地欣賞宮廷歌姬和舞孃的表演，偶爾跟萊恩國王說話逗父親開心，連與莉莉絲等幾個好友聊天時，也都只待在宴會廳前方，沒有再走近法洛所在的宴會廳後方。

對此，英明的惡龍閣下樂得輕鬆，他開心地遊走在餐點區，和希爾享用著一道道宮廷御廚精心烹調的美食。

第一支舞是舞會最重要的橋段，出於禮貌以及對壽星的尊重，每位賓客都會參與。之後的舞就不一定了，畢竟眞的只爲跳舞而來的人並不多，大家多是三五個人聚在一起聊天。

其中有一群服裝繡有高階職業紋飾的賓客，正在談論近期最熱門的話題。

「你們有聽說紅石商會連續十週都拍出龍血嗎？」一名高階魔法師問道。

「這件事在格菲爾人人皆知。」一名煉金術師點頭。

「嘿！根據我的推測，能穩定提供龍血，代表了絕對還有龍存在！」長相粗獷的大劍士說得斬釘截鐵。

「天啊！光明神居然還讓邪惡狡詐的龍族存活於世！」

「一定要把龍找出來，就算牠不是經歷過滅龍戰役的龍，也難保不是來報復人類的。」

「報復人類？這太危險了，我們應該先下手爲強！」

「在滅龍戰役後就沒有人見過龍了，這要去哪裡找？」

「從格菲爾找起準沒錯。」

「說的也是，龍血是在格菲爾出現的，去年還有帝都居民聽到龍吟，所以最有可能出現龍的地方就是格菲爾了。」

「太可怕了！龍就在我們身邊嗎？」

「不必害怕，我們人多勢眾，當年滅龍戰役不也是靠著團結戰勝了嗎？大家一起組隊屠龍吧！」

這群人說得熱血沸騰，引起周遭的注意，不少貴族和其他劍士、魔法師也圍了過來，關心這個議題。

此時，一個年輕自信的聲音冒了出來：「各位，我願意組織一支屠龍隊，爲帕米爾除害，將榮耀獻給光明神與父王。」

大家朝聲音來處看去，說話的人正是王子殿下。

安東尼微笑著問：「有人願意加入嗎？」

「當然要加入王子殿下的屠龍隊！」

「算我一個！」

「我也要！」

「不加入的人是懦夫！」

一時之間，眾人紛紛響應，站在不遠處的海曼也特地走過來：「我也要加入。」

海曼說完，轉頭問身邊的好友尼爾：「你也會加入的吧？」

原本沒說話的尼爾這才點頭：「好的，我會加入。」

「法洛你呢？你敢加入嗎？」海曼用嘲諷的語氣詢問法洛。

方才英明的惡龍閣下裝了一盤蘋果派，經過這群人時正好聽到屠龍宣言。希爾想拉著法洛遠離，但法洛不爲所動，挑著眉冷眼旁觀整個過程，沒想到卻被海曼逮住機會挑釁。

法洛的臉色已經很不好了，聽見海曼的話更是不耐：「不想加入，渺小的人類還妄想屠龍？」

希爾擔心傳說中的惡龍失控暴露身分，趕緊在後面扯住法洛的袖子，安撫地說：「不要和渺小的人類計較啊！」

「你是沒膽子面對龍吧，膽小鬼。」海曼反唇相譏，「你之前比試會勝利，也是因爲用上了道具吧？」

若挑釁龍就算是勇者的話，海曼眞的很勇敢——希爾暗自想著，同時爲他捏了一把冷汗。

「大家都是光明神的子民，我尊重每一位貴賓的意願，如果不想加入也沒關係。」王子殿下氣度大方，出言緩和僵持的場面。

眾人個個點頭贊同。

「王子殿下說的沒錯，勇者不是人人能當的。」

「不是每個人都像海曼這樣有實力又勇敢，屠龍是很危險的事情啊！」

「這種事不能勉強，沒有足夠的實力不要加入比較好。」

這群人你一言我一語，全都像在火上澆油，在希爾的努力下，青筋直冒的惡龍閣下才總算同意和他到角落吃蘋果派，平撫心情。

安東尼隨後領著願意加入屠龍隊的志願者們，向萊恩國王稟報組織屠龍隊的想法。

「作爲帕米爾帝國的王儲，不能畏懼挑戰，你有這樣的勇氣，我很高興。」萊恩國王欣慰地說。

「爲帕米爾帝國的子民奮戰是我的責任，我會盡力完成任務。」王子殿下信心滿滿。

「很好。對了，王室典籍裡記載，帕米爾帝國學院裡有一把亞瑟國王遺留下來的寶劍，那是曾經屠過龍的寶劍，對你會有幫助的。」

「在學院裡？我沒聽說過有這樣的地方。」安東尼有些訝異。

「寶劍在最近才開啟了結界的祕境中，我和科米恩校長提過這件事，他已經同意讓你進入。」

「好的，我一定會把寶劍取出。」安東尼沒有再多問，一口承諾下來。

「很好，不愧是我的兒子。」萊恩國王豪邁地大笑，以子為傲。

王子殿下組織了屠龍隊的消息，很快地傳遍了格菲爾，在冒險者間掀起一股熱潮，大家都在打聽如何加入。為此，各大職業工會聯合起來，在最熱鬧的中軸廣場上設立了報名攤位。

同時，安東尼王子打算進入帕米爾帝國學院取出亞瑟國王的寶劍一事，也令帝都民眾為之振奮，無論是在餐廳、酒吧還是市集，都可以聽見大家在談論。不少人預言帕米爾即將重返建國時的榮光，最新一期的《魔法花邊》甚至破例讓並非魔法師的安東尼王子登上封面。

學校裡的學生們也在討論，大家傳頌著王子殿下的英勇事蹟，比如就讀劍士學院期間連敗十人，在劍術課的比試裡勝出、在實作課率領的隊伍連三年都是第一個完成任務、一畢業就跳級考取了高階劍士資格等等。

「沒什麼特別的。」法洛覺得人類王子的輝煌紀錄實在不怎麼樣，隨手便把希爾買來的《魔法花邊》扔進角落的紙簍，停在紙簍上的雀鳥驚叫一聲，拍著翅膀飛起。

「不要亂丟東西！你嚇到碧眼了。」希爾伸出手讓碧眼停在手指上，輕輕順著鳥兒的羽毛，語氣輕柔地安撫，「不要怕，沒事了。」

英明的惡龍閣下瞧了一眼，不悅地嘀咕：「它只是一把鑰匙。」

「牠現在是一隻鳥。」

「那只是吸收了你逸散的魔力，才暫時變成鳥的樣子，只要魔力消耗完了，或是離你太遠，就會變回原形。」

法洛才剛說完，碧眼就在希爾手上變回長柄鑰匙，希爾趕緊小心翼翼地將之收進錢袋裡。

「現在的我也只有碧眼願意親近了。」因爲魔物親和性變差，在魔物學課堂上接連遭受魔物攻擊的希爾哀怨地說。

「我……」法洛欲言又止。

「怎麼了？」

「我不算嗎？」英明的惡龍閣下別過頭，彷彿難爲情似的。

「你當然不算啊，你不是魔物，你是朋友。」希爾理所當然地表示，心裡對法洛的問題有些納悶。

得到希爾的回答後，英明的惡龍閣下緊抿著的嘴角頓時一鬆，並且微微往上揚，暗自決定以後可以稍微容忍那隻鳥。

希爾走到紙簍旁撿起被法洛亂丟的雜誌，翻到介紹王子殿下的那頁看了一會，忍不住發自內心感嘆：「眞是厲害啊，這些事我一輩子都做不到。」

才高興沒多久，法洛這下又不開心了，悶著聲問：「我和他誰厲害？」

「當然是你。」這點判斷力希爾還是有的，人類再怎麼強大，和傳說中的惡龍相比依舊天差地遠。

法洛滿意地點點頭，愉悅地拿起小蝴蝶借來的《圖解感情增溫的一百種方法》，準備閱讀。

希爾一方面對英明的惡龍閣下的興趣之廣泛感到佩服，一方面認眞地思考起屠龍隊的事。

「眞的還有另一隻龍在格菲爾嗎？」那龍血當然不是法洛的，如果那些冒險者的推斷正確，那就表示還有其他的龍存在。

「是有這個可能，但若他不想現身，沒人可以逼他現形，總不可能在整個格菲爾都布下眞實之境那種禁咒級別的大型魔法陣。」

「不可能嗎？雖然如今懂得空間魔法的魔導士已經不多了。」

「眞實之境不是單純的空間魔法，還附加了複雜的符文，那是上古時期的產物，我翻遍了圖書館裡和空間魔法有關的書籍，裡面都沒有紀載。既然我不會，那普通人類更不可能會。」

能把「我不會」這三個字講得如此自信的，也就只有法洛了。

「所以我們不用擔心了吧？」希爾鬆了一口氣，他一點也不想見到龍族和人類互相傷害。

「本來就不必擔心，一群烏合之眾竟然認爲自己可以勝過強大的龍族？」法洛一邊看書一邊應道，說完，他指著書上畫的一個姿勢問希爾，「上次我把你這樣抱起來的時候，你是不是覺得羞澀、甜蜜又開心？」

希爾決定拒絕回答。

幾天後，王子殿下帶著三名護衛出現在帕米爾帝國學院，引起了騷動。爲了一睹王子殿下風采，幾乎全校學生都蜂擁而至，聚集在從校門口到眞實之境的路途上，場面堪比帝國歌姬現身時的盛況。

法洛和希爾在教學樓上遠遠望著這幅景象，英明的惡龍閣下對於眾人瘋狂的舉動不以爲然：「人類的王子明明很一般。」

希爾心想，如果不是已經在公主的生日舞會上看過王子，自己應該也會想親眼瞧瞧這位未來的國王陛下。

「要來瓶蘋果汁嗎？」傳說中的惡龍認爲看表演時必須吃點東西助興，所以希爾準備好了飲料和零食。

「好。」

「他們跟著進去做什麼？」法洛指著王子一行人的後面，有兩個人剛剛跟了上去。

希爾定睛一看，是海曼和尼爾。

「海曼和尼爾加入了王子的屠龍隊，現在出現也算合理吧？」

「只是取個劍而已，需要帶這麼多人？」法洛無法理解。

「畢竟大商會的特許權有一定的期限，和王儲保持良好關係是必要的。」希爾不覺得有什麼奇怪。

「這點倒是和千年前一樣，人類的社會也有不會改變的事物。」英明的惡龍閣下總是時不時地發表人類觀察心得，希爾早就聽習慣了。他拉了張椅子，坐到法洛旁邊一起看熱鬧。

「那老頭居然沒有出現？」

「聽說校長在眞實之境的入口等候王子殿下。我們要過去看嗎？」

「反正也不能一起進去，有什麼好看的？」法洛意興闌珊。

他考慮的當然不是沒有被允許進入，而是只要一踏進眞實之境，他就會被迫現出龍形，屆時身爲龍族的祕密就無法掩蓋了。

見兩旁爲王子加油的群眾聲勢浩大，希爾轉頭擔憂地看了一眼法洛：「你的身分不會被發現吧？」

也許是想安慰希爾，也許是眞的不在意，法洛表情不變，用輕鬆的語調反問：「有什麼好擔心的？首先，我不需要去賣血，再者，我不會再被騙進眞實之境，那還有誰能逼我現出原形？」

「那就好。」希爾鬆了一口氣，但又有點不放心，「我們是不是該做些什麼？」

「什麼都不必做。」法洛一口喝完瓶子裡的蘋果汁，露出滿意的微笑，神情放鬆而愜意，「我們只需要——看熱鬧。」

約莫正午便進入眞實之境的王子殿下，一直到傍晚時分才出來。

「快看！出來了！」一個眼尖的小劍士發現門扉再次被打開，興奮地告知其他同伴。

「恭喜王子殿下——」學生們約好了，當安東尼王子歸來時要齊聲熱烈歡呼，可是很快有人察覺異狀，立即阻止，「等等，好像有點不對？」

聞言，準備歡呼的群眾這才注意到王子殿下的神情，紛紛閉上嘴。

安東尼王子臉色鐵青，神情間不復白天時的自信風采，跟在其身後的侍衛以及海曼和尼爾也一臉沉重，不發一語。

在外頭守了大半天的學生們愣了愣，終於有人忍不住問了一句：「裡面發生了什麼事嗎？」

頓時，場面像炸開了鍋似的，大家交頭接耳地討論起來。

「亞瑟國王的寶劍呢？」

「是啊，怎麼沒看到寶劍？」

「眞實之境裡有什麼強大的魔物嗎？」

「王子殿下不是說會把劍帶出來？」

「晚點問問海曼和尼爾吧，他們一定曉得發生了什麼事。」

群眾議論的聲音越來越大，安東尼王子沒有停下腳步解釋，反而迅速離開了帝國學院。

這個結果轉瞬傳遍了格菲爾。

「王子殿下究竟遇到了什麼事呢？」正在書桌前寫著魔物學作業的希爾，突然就問了這麼一句。

英明的惡龍閣下半躺在床上，悠閒地翻著《蘋果汁的起源》，漫不經心地回答：「反正他就是個人類，進了眞實之境也不可能變成一隻龍。」

「難道王子殿下展露出別的樣子？或者是裡面根本沒有寶劍？」希爾努力地推敲

眞相。

「這麼想知道就去問海曼啊。」

法洛和海曼關係惡劣，撇除上個學期末時那種攸關生命安危的狀況，他一點也不想主動和舒曼商會的繼承人對話。

於是，他想到可以指使希爾：「快去問吧，我在這裡等你。」

「不、不用了，其實我好像也沒那麼想知道。」

就算光明神再給希爾十個膽，他也不敢去問素來高傲的海曼，不過沒關係，因爲後來海曼主動提起了。

隔天的早餐時間，餐桌上依然擺滿了美味餐點，除了海鮮濃湯、雜糧乳酪麵包和新鮮水果，還有法洛最喜歡的蘋果派——自從法洛點了蘋果派之後，每隔兩天就一定會有這道甜點。

「我很意外哥哥沒有將亞瑟國王的寶劍帶出來。」伊芙琳公主臉色凝重，「你們在眞實之境裡遇到什麼困難了嗎？難道沒有找到寶劍？」

「不是沒有找到寶劍的問題。」海曼的表情流露出一絲掙扎，一旁的尼爾趕緊停下用餐的動作，拉著好友的手臂示意他別衝動，並轉頭低聲告訴伊芙琳，「公主殿下，請不要追究裡面發生了什麼事，總之從現在起，您要和王子殿下保持距離。」

海曼點頭，冷著臉附和：「離他遠一點。」

「到底怎麼了？」聽了兩人的勸告，伊芙琳更不安了。

「爲什麼要避開安東尼哥哥？他做錯了什麼嗎？」莉莉絲不高興地爲王子殿下抱不平。

海曼瞥了一眼莉莉絲，不耐煩地說：「只是跳了一支舞，妳就當王子殿下喜歡妳嗎？妳也該離他遠一點，別被愛情沖昏頭，小心連累休斯頓公爵。」

被這麼一說，莉莉絲更加不滿了，她氣得推開餐盤站起身，瞪著海曼：「你在說什麼？我又怎麼會連累父親了！」

「莉莉絲，現在不是吵架的時候。」伊芙琳察覺有不少視線投來，連忙阻止莉莉絲發脾氣。

「神神祕祕！你們不說，我就直接去問王子殿下。」莉莉絲賭氣地跑開。

海曼不甘示弱，望著莉莉絲的背影嗤笑一聲：「他不可能告訴妳的。」

莉莉絲離開後，無心再享用餐點的伊芙琳放下了餐具，用潔白的餐巾輕拭嘴角：「我想先到教室讀一會書，你們繼續用餐，不必顧慮我。」

即使在心煩意亂的狀態下，公主殿下仍掛著禮貌的淺笑，就連宮廷禮儀教師也挑不出毛病。

希爾看看公主殿下那幾乎沒有動過的餐點，忍不住鼓起勇氣對伊芙琳說：「公主殿下，您吃得太少了，爲了身體著想，再吃一點吧？」

「謝謝你，希爾。」伊芙琳以微笑表示自己沒事，看了一眼默不作聲的法洛後就離開了。

自從舞會後，伊芙琳和法洛便少有互動，雖然學校裡有兩人私下正在交往的傳聞，但希爾很清楚那絕對不可能是真的。

公主殿下一起身，海曼和尼爾也跟著離席，豐盛的早餐變成了專屬法洛和希爾的享受。

這時，安靜享用著早餐的法洛才笑著說：「事情好像變得有趣了。」

「我不覺得哪裡有趣啊……」見法洛唯恐天下不亂，希爾訥訥地說，同時在心裡向光明神禱告。

他只想安穩地畢業，拜託這學期不要再發生什麼事了！

幾天後，王子的侍衛們身染重病不幸身亡的消息傳出，而據說安東尼王子也染病閉門休養。於是，真實之境裡有詛咒的流言如火燎原地飛快延燒。

想了解真實之境裡發生了什麼事的，當然不只有公主和希爾、法洛等人，幾乎整個格菲爾的民眾都在瞎猜。

假日，法洛、希爾、諾亞在伊恩家的修理鋪聚會，身爲鋪子主人的納特也在。

「希望之秋」的生意似乎一直冷冷清清，今天也沒有客人上門，希爾每次見到這種門可羅雀的情景都替納特和伊恩擔心，但身爲當事者的兩人卻不在意的樣子，尤其是納特，他看起來十分享受這種愜意的日子。

待客用的方桌上擺了果醬甜餅和杏花釀，法洛和希爾進了鋪子就熟門熟路地在桌前坐定，五人和以往一樣邊吃邊聊天。

「你們覺得眞實之境到底是個什麼樣的地方？眞的有詛咒嗎？」諾亞興致勃勃地問。

「眞實之境有沒有詛咒我不知道，不過最新的傳言是，詛咒是來自亞瑟國王的那把劍。」納特饒有興致地分享聽來的消息，「據說因爲亞瑟國王當年刺了米格底里斯一劍，所以傳說中的惡龍就詛咒了那把劍。」

希爾的第一個反應是瞪大了眼睛，用嘴型問法洛：眞的嗎？

「詛咒一把劍還不如直接詛咒人，而且比起詛咒，丟一顆火球更快。」法洛臉色難看，頗感委屈的樣子，說完他馬上反問希爾，「你不會眞的相信那種謠言吧？」

「我想也是。」希爾點點頭，以法洛的脾氣，肯定不會用詛咒劍這種迂迴又極慢見效的方式。況且即使英明的惡龍閣下喜歡使喚人，又性格惡劣，卻倒是沒騙過他，甚至還救過他。

這時希爾想到剛才忽略了一件重要的事，想問又怕戳破法洛的身分，只好擠眉弄眼用表情傳達：你被刺了一劍？

「沒事。」法洛眼神一黯，輕輕說了兩個字後就別開頭，不願多談，裝作專心享用果醬甜餅。

「那就好。」希爾雖然擔心，可現在的狀況不適合多問，法洛不想說，他也只好作罷。

法洛和希爾之間的互動沒引起朋友們的疑心，伊恩和諾亞正認眞地討論著傳言的眞實性，而納特僅是笑呵呵地看了一眼法洛，就去幫大家再拿了一些杏花釀和果醬甜餅過來。

「國王陛下怎麼會讓王子去取一把受詛咒的劍呢？」伊恩直指不合理之處。

「也許是一種考驗？在書裡面，勇者總是必須經過重重考驗。」諾亞撐著頭陷入沉思，試圖找出解釋。

「說不定萊恩國王也不曉得那把劍有詛咒？」希爾順著大家的話猜測。

「只要進入眞實之境，不就能知道這個問題的答案了？」納特眼裡閃動著狡黠的光芒，臉上卻笑得無害。

法洛少見地同意了納特的話，他啜了一口杏花釀：「這個提議不錯，說不定我們能把劍取出來？」

「那可是連王子殿下都辦不到的事，我們會比王子殿下還厲害嗎？」諾亞面有難色。

「一個普通人類能有多厲害？」法洛不以爲然，同時感覺到右邊的袖子又被希爾偷偷扯住。

「我看了《魔法花邊》裡關於王子殿下的報導，他英明、睿智又勇敢，且年紀輕輕就已經是高階劍士了。」諾亞一臉崇拜。

英明的惡龍閣下撇了撇嘴，爲了避免袖子被扯壞，他只好勉強補充：「說不定他有考慮不周的地方，我們去看看或許能有不一樣的收穫。」

「要是眞實之境裡眞的有詛咒怎麼辦？」伊恩謹愼地問。

「裡面沒有詛咒，希爾和我都進去過了。」法洛姿態輕鬆地說，希爾想阻止都來不及。

「你們進去過了？」伊恩和諾亞瞪大眼睛，一旁悠閒喝著杏花釀的納特也愣了愣，投來目光。

「眞的嗎？」諾亞轉而詢問希爾。

既然法洛都講出來了，希爾也不想向好友們說謊，於是坦然地點頭：「是眞的。」

「你們居然去過了！現在那裡可是全校學生都想進去的地方，快說說裡面有什麼，你們又是怎麼進去的？」諾亞興奮得連問了兩個問題。

「我們是跟著校長進去的，只在靠近入口的地方待了一會，裡面有一大片花海。」希爾避重就輕地回答，關於法洛一進去就變成龍這件事當然不能提及。

「花海？聽起來是個很美的地方。」諾亞神情嚮往，顯然迫不及待想進去看看了。

「既然如此，那我們就去參觀一下吧。」納特眼裡閃動著光芒，看來同樣對眞實之境很感興趣。

「可是，只有校長有鑰匙。」伊恩雖然也好奇眞實之境裡的情況，仍冷靜地提醒大家。

諾亞無奈地攤手：「是啊！如果那麼容易就能進去，眞實之境肯定會變成格菲爾最熱門的景點，每一個帕米爾人都會想去參觀的。」

「要進去不難。」法洛語氣從容，像是在說無關緊要的事，「希爾也有鑰匙。」

「什麼？」伊恩和諾亞、納特驚訝之下，都把目光轉向希爾，成爲目光焦點的希爾卻神情茫然。

「把鑰匙拿出來吧。」英明的惡龍閣下對希爾說。

「什麼鑰匙？」希爾一臉懵懂，他完全不記得自己什麼時候擁有了眞實之境的鑰匙。

「開學那天在校長室，老頭不是送了你一把鑰匙嗎？」見希爾傻愣著，英明的惡龍閣下忍不住嘆了一口氣。爲了喚醒希爾的記憶，他只得按捺著性子提示，「那隻鳥。」

「對了，是碧眼！」希爾想起來了，碧眼其實是一把可以打開去過的任何地方的鑰匙，而他正好去過眞實之境。

希爾從錢袋裡拿出樣式古樸的長柄鑰匙，輕柔地放在桌上：「就是這把。」

「看起來是很尋常的鑰匙。」諾亞盯著鑰匙打量了半天，沒瞧出特別之處。

「試試就曉得了，那老頭應該不至於在這種事情上騙人。」

「我們眞的要去？是不是該經過校長的同意？」伊恩不太放心。

「都已經有鑰匙了，而且鑰匙還是校長親自給希爾的，以校長的睿智，肯定想過這種可能。反正我們只是進去看看，不會做什麼壞事的。」諾亞興沖沖地遊說好友。

「伊恩，就一起去看看吧，我們很久沒一起出去玩了。」納特笑著幫忙說服弟弟。

聽了哥哥的勸說，伊恩放下心中疑慮，順從地點頭：「好的。」

「你們對出去玩的定義是不是有點特別？我們明明是要去冒險。」諾亞一頭霧水。

總是正直誠懇的伊恩疑惑地反問：「有什麼不同嗎？」

「我們也去玩吧。」英明的惡龍閣下對希爾眨眨眼。

「好、好吧。」希爾心情微妙，雖然認為這麼做不太好，但大家都達成共識了，他也只好配合。

隨後，五人約定了隔天晚上在眞實之境外頭集合。

回到宿舍房間，希爾總算能把憋了一路的疑問說出口：「英明的法洛閣下，您怎麼突然要進去眞實之境？」

「我也想看看那把被詛咒的劍。」傳說中的惡龍對於莫名其妙被汙衊很不滿，「被無知的人類栽贓構陷，總不能什麼也不做。」

「你要在伊恩他們面前現出原形嗎？那可是眞實之境啊。」希爾覺得法洛不會想再次被迫展現龍的姿態。

「這是個好問題，所以我決定讓你代替我去取那把劍。」法洛立刻說出心中的盤算，顯然早有計畫，「你拿出來後，我就可以好好看一看那把劍了。」

聞言，希爾感到壓力山大，垮下了臉說：「您不進去的話，我怎麼可能有辦法取出劍？」

法洛很享受這種無意間被恭維的感覺，露出滿意的微笑：「我很高興你對我如此有信心，但有時候也有平凡人類能做的事。」

受到鼓舞，希爾好奇地問：「例如什麼事？」

傳說中的惡龍想都沒想便迅速回答：「我還沒想到。」

希爾那顆受到鼓舞的心瞬間沉了下去，他只能在心裡無聲吶喊——

要鼓勵人請更有誠意一點好嗎？

第五章　亞瑟的寶劍

今晚月明星稀，皎潔月光將林子裡的小路照得清晰，五人不怎麼費力就來到了眞實之境的入口處。

部分傾頽的老舊建物立在林中央的草地上，和希爾上次看見的景象一致。

「爲什麼我們要晚上來？」

「最近這裡白天總是圍著好奇的學生，要是白天來，和昭告全校師生有差別嗎？」

「我們趕快進去趕快結束吧，被發現就不好了。」即使順從了哥哥的提議，正直的伊恩仍覺得不安。

「被發現就說我們是來郊遊嘛。」納特無所謂地說。

「這麼牽強的理由我講不出口。」諾亞說完，轉頭發現伊恩居然在點頭，頓時無言，「是不是只要是納特說的你都無條件同意啊！」

「爲什麼不呢？哥哥這樣說一定有他的道理。」伊恩語帶疑惑。

此時法洛吩咐希爾：「你去試試鑰匙吧。」

希爾點頭，小心翼翼地拿出長柄鑰匙，站上石門前的臺階，緩緩將鑰匙插入鎖孔。

神奇的事情發生了，原本看似不吻合鎖孔的鑰匙像融化了一般，轉瞬填滿鎖孔，「喀」的一聲，門開了一條縫。

「打開了！」

「太好了！」

希爾進入過眞實之境，知道裡頭沒有危險，於是爲了讓好友們放心，他率先踏進石門，接著轉身招呼：「快進來吧，裡面很安全。」

「好！」

「來了。」

伊恩和諾亞一前一後踏入門內，卻發現身後沒人跟上。諾亞看向還在門外的法洛：「法洛，快進來吧！」

「我不進去了。」法洛站姿隨意，像個局外人似的。

「爲什麼？」伊恩納悶地問。

「我頭暈，大概是貧血了。」

法洛話一出口，大家都愣住了。這句話本身沒有問題，有問題的是法洛說話時表情鎮定、臉色如常，根本毫無病容。

「剛剛不是還好好的嗎？」諾亞不解地抓頭。

雖然法洛的理由很爛，不過眼下最重要的是不能讓法洛進眞實之境，以免暴露龍族的身分，希爾只好幫忙說話：「法洛最近身體狀況不太好，就讓他在外面休息，我們先進去吧？」

「身體不舒服的話，那也沒辦法了。」伊恩理解地點點頭。

原本要跨進眞實之境的納特聞言停下腳步，微露訝異。他若有所思地看了看法洛，隨即走到法洛身邊，把手搭在法洛肩上，擺出照顧者的姿態理所當然地表示：「既然法洛貧血，我就留下來照顧他吧。」

「不用了。」法洛拍開納特的手，嫌惡地拒絕。

納特無視法洛的抗拒，熱情地拍了拍法洛的肩故作親近，一臉認眞：「除了照顧法洛，我還可以幫忙把風，再怎麼說外面有人守著總是比較好吧？」

「也對，那就麻煩納特和法洛一起在入口守著了。」希爾再度幫腔。

「說的也是，那麼拜託你們了。」伊恩和諾亞不疑有他地同意。

納特對伊恩揮揮手：「你們放心去找寶劍吧，順利的話就拿出來看看。」

「好的。」伊恩順從地應下，這名正直的少年似乎從來不會反駁哥哥的話。

「不是說看個幾眼就好？」

「大家是一起來的，帶出來讓納特和法洛看一下應該沒有關係？」希爾原本還在想要用什麼理由說服伊恩和諾亞把劍帶出來，結果納特剛好提出這個要求，他馬上舉雙手附議。

「沒錯，如果拿得出來的話，再還回去不就好了？」納特瞇眼微笑。

聽了納特的話，諾亞也被說服了：「好吧，再還回去的話，就不算偷走寶劍。」

「我們會盡快回來。」雖然覺得納特的話哪裡怪怪的，但畢竟目標一致，希爾這時候也不好提出質疑。

「放心，我會照顧法洛的。」納特對希爾眨眨眼，似乎在說「安心去吧」。

只是一旁的法洛不領情，大動作地往旁邊跨了三步：「我不需要你的照顧。」

「眞是令人傷心。」納特假裝擦眼淚。

希爾不太放心地看著納特和法洛的互動，只能在心裡向光明神祈禱，希望法洛能和納特好好相處。

希爾、伊恩、諾亞進入眞實之境後，英明的惡龍閣下立刻嫌惡地瞪著納特，藍髮青年一副無所謂的樣子，百無聊賴地伸伸懶腰。

「你不是很想進去看看嗎？爲什麼不去？」法洛語氣不善。

納特找了塊乾燥的草地坐下，笑著回答：「你一說貧血，我就想到我最近偶爾也有頭暈的現象，要是進去拖累了他們就不好了。」

「你看起來好得很。」

「你也不差。」納特反擊。

傳說中的惡龍難得在口舌上遇到敵手，被堵得沉默片刻後，他又問：「那爲什麼你還要跟來？」

「來看熱鬧，不行嗎？」藍髮的魔法道具修復師從口袋裡拿出一包餅乾，「這是我做的奶油餅，要來一點嗎？」

「都跟來了還不進去？就在外面看熱鬧？」法洛斟酌了一下，認爲納特應該不至於在餅乾裡下毒，於是伸手拿了一塊奶油餅。

「誰說一定要進去呢？在外面觀察也不錯啊。而且要是我沒來，你一個人在外面也很無聊吧？」納特無賴地說。

「不用你陪！」法洛不耐煩地別過頭。

面對法洛的態度，納特只是笑了笑，伸出手把奶油餅的紙包整個遞過去：「要再來一點嗎？」

誘人的奶油餅香氣飄至鼻尖，法洛稍稍猶疑，最後還是開口：「好。」

此時在眞實之境裡，三名少年望著大片的薔薇花海讚歎不已，清新香氣撲鼻而來，嬌嫩繽紛的色彩襯著藍天白雲，美得猶如置身仙境。

晴朗的藍空掛著幾朵棉花似的白雲，諾亞興奮地指著天空大叫：「外面明明是晚上，到這裡卻變成了白天耶！」

雖然陽光耀眼，不過眞實之境裡氣溫宜人，帶有花香的微風徐徐吹來，令人心曠神怡。

「居然能容納這麼大一片薔薇花海，在外面完全看不出來，空間魔法眞是神奇。」伊恩仔細地觀察。

希爾第一次進來時也十分震撼，如今再次目睹仍不禁驚歎，但沒多久他就回過神，微笑看著朋友們的反應。半晌，他出聲喚回兩人的注意力：「我們該想想要往哪個方向走。」

「沒錯。」伊恩點頭，將目光從花海收回。

諾亞一回頭，視線掠過伊恩時猛然停滯，驚訝地盯著好友：「伊恩，你的頭髮怎麼了？」

「我的頭髮？」伊恩不解地摸了自己的髮絲。

「你的髮色不是亞麻色嗎？怎麼變成金色了？」

希爾也有些訝異，隨即意識到了原因，向兩人解釋：「這裡是眞實之境，意思就是踏進來的生物都會顯露出原本的樣子。也許伊恩有染頭髮吧？」

「沒有，我沒有染頭髮。」伊恩果斷地反駁，「怎麼會發生這種事？一定是弄錯了什麼。」

「說不定是納特幫你染的，又不是什麼大事。」諾亞拍了拍伊恩的肩。

「哥哥嗎？」伊恩偏著頭，眼底閃過疑惑。

「我們快去找亞瑟國王的劍吧。」希爾提醒兩人還有正事要辦。

「嗯。」即使對自己的髮色改變感到疑惑，伊恩依舊點點頭。他環顧四周，略一沉思便有了計畫。

「你們以我爲中心，各自往左右走十步，我們排成一排一起往裡面前進，仔細留意有沒有關於寶劍的線索。」

「好！」

希爾和諾亞相當佩服伊恩的心思敏捷，立即行動。

三人踏入花海中才發現，這些薔薇花幾乎有一個人高，個子最矮的希爾站在花海裡都快被淹沒了，只能一邊撥開花莖，一邊慢慢前行。

「這些花眞漂亮。」諾亞又一次感歎起四周的美景。

「你不會是想摘一些回去裝飾鹹派鋪吧？」伊恩笑問。

「被你發現了。」諾亞吐了吐舌頭，隨即哈哈一笑，「當然是開玩笑的，這些花還是生長在這裡才合適。」

「也許就是因爲在眞實之境裡，才能長得這麼好吧？」

「說的也是，只有這種神奇的地方才能孕育出這麼美的花。」

三人邊走邊聊，因爲彼此間隔了一段距離，必須大聲說話才能聽見，然而仍不減他們的興致。

在陽光普照的眞實之境裡，幾乎感受不到時間的流逝，就在希爾的腿開始發痠時，他聽到諾亞興奮地呼喊：「我找到了！」

薔薇花海的中心有一塊石板鋪成的平臺，上頭插著一把短劍，平臺旁立了塊石碑。那把劍和古籍裡記載的外觀雷同，是千年前特有的樣式，劍柄比近代的長且劍刃寬，從劍柄到劍刃都有華麗的金色暗紋。縱使立在此處已有數百年甚至千年之久，劍身依然反射出鋒利光芒。

「是這把劍吧？」希爾不太確定地說。

「看起來也沒有別的劍了。」諾亞跳了幾下，極目往花海深處望去。

「沒想到居然是柄短劍？」

「對啊，我以爲會是更有氣勢的長劍或者雙手劍。」諾亞的表情和語氣充滿了失望。

「諾亞，你忘了教授在課堂上說的嗎？每種武器皆有各自的優點，只要使用得當，殺傷力都能夠十分驚人。」伊恩也顯得訝異，但聽到諾亞的話仍曉以大義。

「我當然記得，只是大家都說是亞瑟國王的寶劍，沒想到看起來更像女人用的劍。」

伊恩搖搖頭，糾正諾亞：「謹慎的冒險者都會在身上放一件貼身武器，短劍是一個很好的選擇。」

「這是哪堂課的教授說的？」諾亞疑惑地眨眨眼。

「是我哥哥說的。」

「納特懂的眞多。」一旁的希爾由衷地讚美。

「那當然，他是我哥哥。」伊恩的臉上綻開笑容，爲擁有納特這樣的哥哥感到驕傲。

「好啦，伊恩說起納特的優點可以說上三天三夜。我們現在該想想的是，要如何拔劍？」諾亞和伊恩認識多年，對好友的兄控屬性瞭若指掌，忍不住出言揶揄。

而看在多年交情的分上，伊恩也沒和諾亞計較，他略一斂神，沉著地說：「石碑上總會寫點什麼吧？」

諾亞走近石碑，隨即臉一垮，扼腕地說：「上面已經看不清楚字了。」

「像是被刨掉了一層？」希爾也湊近了看。

「反正找到劍就好了，管石碑上寫什麼。」諾亞大剌剌地說。

「說不定原本寫了拔劍的方法？」

「有可能。」諾亞露出苦惱的表情，沒多久又釋然一笑，「管他的！既然石碑上的字已經看不清楚，我們就用自己的方法拔出劍吧。」

「嗯，如果能把劍拔起來，就帶到外面讓哥哥和法洛也看看。」伊恩仍記著納特交代的事。

受同伴們的樂觀影響，希爾也瞬間充滿了希望：「好！」

「我先來試試。」諾亞說著，上前拔劍。一開始他用單手拔劍，接著逐漸換成雙手握住劍柄，短劍卻始終不動如山。他的臉色越來越凝重，臉龐隨著使盡全力變得通紅，「可惡！拔不出來！」

希爾注視著插在平臺上的短劍，疑惑地問：「很難拔嗎？」

諾亞鬆開手，語氣頹然：「換希爾試試看？說不定石碑上是寫著要魔法學徒才能拔出來？」

「亞瑟國王不會設下這種奇怪的禁制吧？」希爾並不同意諾亞的猜測，但出於好奇，他仍決定試試。棕髮的魔法學徒深吸一口氣，雙手握住劍柄發力——

毫無動靜。

諾亞和伊恩瞪大了眼睛等著，只見到一顆接一顆汗珠從希爾額上冒出來。就在希爾打算放棄時，伊恩走上前，把手搭在露出的劍柄上：「我也來幫忙。」

「可是這把劍——」希爾還來不及說完，就看到劍身發出白光，光芒範圍迅速擴大，掩蓋住三人的視線。雖然看不清眼前的東西，卻不令人覺得刺眼，與此同時，一股溫暖而充滿力量的魔法波動從插著寶劍的平臺湧出。

「伊恩、希爾！你們還好嗎？」諾亞不確定同伴們的狀況，連忙出聲呼喊。

伊恩拉著希爾的手一起往後退，聽見諾亞的聲音，他很快回應：「沒事，我們在白光出現後就放手了，沒有受傷。」

三人間的距離並不遠，在出聲相應後，很快就聚在一起。焦急的諾亞確認伊恩和希爾沒受傷後，驚魂未定地問：「爲什麼劍自己發光了？這是不是王子殿下遭遇的那個詛咒？」

「不曉得，反正現在要逃走也來不及了。」伊恩倒是坦然。

「都不知道你這麼豁達。」諾亞明白伊恩說的是事實，但還是忍不住沒好氣地說。

「我在書上看過，若受到詛咒會有不舒服的感覺，剛才的現象更像是禁制解開的狀況。」希爾認眞地分析。

「太好了，不是詛咒嗎？」

半晌，光芒慢慢消散，短劍安然地平放在平臺上。

「居然拔出來了？」諾亞驚歎，不敢置信地問伊恩和希爾，「難道這個禁制是要魔法學徒和見習劍士合力拔劍才能解開？」

「說不定？」希爾無法肯定，不過拔出寶劍的事實擺在眼前，諾亞的推測不無可能。

伊恩訝異地望著亞瑟國王的寶劍，不敢相信就這麼成功拔出劍了：「總覺得太容易了？」

「喂！你這麼說眞是太可惡了，好像我之前那麼辛苦是假的。」諾亞笑罵道。

「我沒這個意思。」伊恩無辜地攤手。

「寶劍順利拔出來了，那麼我們就帶出去讓法洛和納特看一看吧，說不定他們會有別的見解。」希爾不放心放著法洛在外面，心想既然完成任務了，就趕緊出去會合。

「沒錯，看完後還要放回原處，我們得把握時間。」

「是啊，走吧！」

寶劍的劍鋒閃動著銳利光芒，他們找不到劍鞘，不方便收納，伊恩只好拿在手上，三人一起往入口的方向走。

進來眞實之境的時候，三人由於不熟悉環境而走了好一陣，如今出去因爲方向明確，便只花了一半的時間。當他們打開石門時，卻沒看見法洛和納特，倒是有個意想不到的人在門外等著。

「沒想到都入夜了，還有人進去眞實之境郊遊？最近孩子們流行這種遊戲嗎？」笑著迎接三人的，是有著銀灰色頭髮、戴著細框眼鏡的魔法理論教授。

「教授，您怎麼在這裡？」諾亞下意識地問。

「如果我說我每個晚上都會在這裡看星星，你們相信嗎？」凡諾斯笑了笑，不等三人回答，他話鋒一轉，瞇著眼睛打量起他們，「現在換我問問題了。你們是怎麼進去的？」

伊恩和諾亞不是會出賣朋友的人，但他們一時之間也想不出合理的說詞；而聽了凡諾斯的質問，希爾臉色一白，顫著聲音坦承：「我們……是用鑰匙打開入口的。」

「哦？」凡諾斯提高了語調，勾起意味不明的笑容，「只有校長才擁有鑰匙，你們怎麼會有鑰匙？難道是——」

「是校長！是校長把鑰匙給我的！」希爾連忙辯駁，就怕被誤會偷了鑰匙。雖然沒問過校長就擅自進入眞實之境，他的內心還是有點罪惡感。

「這樣嗎？在我向校長求證前，請你交出鑰匙。」凡諾斯一隻手推了推眼鏡，另一隻手伸向希爾索討鑰匙。

希爾掙扎了一下，終究只能妥協，悶悶地說了一句：「好的。」

凡諾斯接過鑰匙後，在月光下細細審視，像是想瞧出什麼端倪：「這鑰匙的形狀看起來不太對。」說著，他將鑰匙湊近石門上的鎖孔，鑰匙沒有產生任何變化，試了幾次都插不進去。

凡諾斯懷疑地問希爾：「眞的是這把鑰匙？怎麼打不開？」

「這是一個魔法道具，能打開持有者去過的地方，您尚未進入過眞實之境，所以打不開。」在這個情況下，希爾只能選擇實話實說，況且凡諾斯是學院教授，總不會是壞人——很顯然，希爾又忘了法洛先前的告誡。

凡諾斯聞言一笑，彷彿發現了有趣的事：「所以，這不是你第一次進入眞實之境？」

「是的，我去年和校長一起進去過一次。」希爾點點頭。

「去年啊？我知道了。你叫希爾對吧？」凡諾斯的笑容更燦爛了些。

「教授！是我要希爾帶我們進去的，不是他的錯。」諾亞看不過去凡諾斯不斷盤問希爾，決定把責任攬到自己身上。

「請別責怪希爾，我們只是想看看眞實之境裡面的狀況，沒有惡意。」伊恩也幫腔。

「這個年紀的孩子貪玩我可以理解，只是你們竟然眞的進去了，而且還帶出了寶劍？」凡諾斯說著，嗓音一沉，「你們想將寶劍據爲己有？」

「不是的！」

「我們會還回去的！」

「我只是提出了一個可能性，別緊張。」凡諾斯恢復原先的語氣，拍了拍希爾的肩表達友好，示意他們放輕鬆。他將目光轉到伊恩身上，看著他手上的劍，「這把就是亞瑟國王的寶劍？」

「我們在裡面發現了這把劍，旁邊有塊石碑可能寫了劍的來歷，但石碑上的字被刮掉了。」

凡諾斯頷首，隨口問了句：「是誰拔出來的？」

「我和希爾一起拔出來的。」伊恩據實以告。

「兩個人一起？」凡諾斯語尾上揚，充滿了懷疑的意味。

「是的。」

「算了，這個部分我先不細究，請把亞瑟國王的劍交給我。」

三人微愣，希爾和諾亞都看向伊恩，而伊恩不慌不亂，目光直視凡諾斯，認眞地詢問：「這把劍原本是王子殿下要取走的，教授是打算交給他嗎？」

「難道你覺得交給王子殿下不好嗎？」

「不是這樣的，但這是亞瑟國王的寶劍，王子殿下進入眞實之境後沒有取走劍，所以按理來說，這把劍還不屬於王子殿下。」即使面對學院教授，伊恩仍是理性地分析劍的歸屬問題。

凡諾斯多瞧了幾眼這名思路清晰的少年，頗爲讚賞地輕輕點頭，態度不再強硬，用上了商量的口吻：「這是王族的物品，我會交給萊恩國王陛下，再由國王陛下決定劍的主人，可以嗎？」

「好的，麻煩您了。」伊恩神情堅定地遞出寶劍，沒有留戀。

「孩子們，早點回去休息吧。」凡諾斯接過寶劍，確認另外兩人的名字後，就讓他們回宿舍。

「晚安，教授。」

希爾回到宿舍，當他推開房門時，不意外地看見法洛已經梳洗完畢，半躺在床上看書了。

希爾闔上房門，疲憊地問：「英明的法洛閣下，爲什麼這次您又先回來了？」

「我不回來還能怎麼辦？待在那裡和那個人類教師談心嗎？」法洛反問。

「也許你可以聯繫一下——」希爾越說越小聲，最後沒把話給說完。他心裡明白，法洛說的沒錯，在眞實之境外面的惡龍閣下是聯繫不上他們的。

「我可是撐到最後一刻才走的。」

「什麼？」希爾懷疑自己聽錯了，法洛的語氣裡似乎有著和別人比拚獲得勝利的喜悅？

「那個鬼鬼祟祟的道具修復師一看見凡諾斯的影子就跑了，再怎麼說我也比他好多了。」

是嗎？我怎麼覺得差不多呢？希爾心想，不過他本來就沒打算認眞追究，聊了幾句後便走到衣櫃前把袍子脫下，揉了揉痠痛的雙腿。

爲了尋找寶劍，三人在眞實之境裡走了一晚，伊恩和諾亞是身強體壯的劍士，自然沒什麼問題，但希爾是身體素質差勁的魔法學徒，早已疲憊不堪，他是爲了不讓同伴們擔心才努力撐著。

明明表情不變，一副專心看書的樣子，法洛卻突然頭也沒抬地說：「過來，我幫你治療。」

「不要浪費魔力，我沒受傷的。你繼續看書吧，我要寫作業了。」

希爾坐到書桌前，打開《中階魔法理論》的作業本勉強寫了幾個字後，就發起呆來。

法洛皺著眉頭注視無精打采的希爾，推測出一個可能性：「心情不好？沒找到寶劍嗎？」

「找到了，諾亞發現了寶劍，伊恩和我一起將劍拔出來，可是凡諾斯教授把劍拿走了，說要交給國王陛下。」

「你和伊恩？」

「我拔劍的時候，他過來幫我，結果寶劍就冒出白光解開了禁制。諾亞說，寶劍的禁制可能是要魔法學徒和見習劍士合力才能拔出。」

英明的惡龍閣下不贊同地嘲諷一笑：「我所認識的亞瑟，可不是會留下這種齊心合力暗喻的傢伙。」

難得聽法洛提起書本裡的歷史偉人，希爾不禁嚮往地問：「亞瑟國王是個怎樣的人？」

「卑鄙僞善的人。」法洛不屑地撇撇嘴。

希爾被法洛的話堵得一時不知該說什麼。他怎麼就忘了，米格底里斯和亞瑟國王的關係十分惡劣。

「好了，沒什麼大事的話就快睡吧。」

「還有一件事。」比起劍被拿走，這件事顯然讓希爾更爲煩心，因爲他開始無意識地絞著手指。

注意到希爾的動作，法洛坐起身，正色問：「怎麼了？」

「凡諾斯教授把碧眼也帶走了。」希爾垂頭喪氣地說。

英明的惡龍閣下一怔，半晌後，他神情糾結，勉爲其難地說：「你要是眞的那麼喜歡養鳥，我抓一隻來給你養？」

「不是這個意思！」

王宮深處的議事大殿中，罕見地沒有侍衛和侍從佇立，只有一名威嚴男子坐在鑲著金邊的寶石座椅上，還有一名身穿高階魔法師袍的銀灰髮男子。

「陛下，您的氣色看起來不錯。」

「沒想到龍血眞有幾分功效，最近我的精神體力就像回到了二十年前的狀態。」

「陛下英武。」

「這只是在辛格里斯眼皮子底下耍的小把戲，到了該回歸的那天，沒有人躲得過，就像辛西雅那樣。」萊恩國王的目光一瞬有些飄忽，但他沒在回憶裡沉浸太久便回過神，沉聲開口，「扯遠了，把劍拿上來吧。」

魔法師彎著腰走上臺階，畢恭畢敬地將短劍遞給萊恩國王，接著再彎著腰原路退回臺階下。

「沒想到這把劍還是被拔出來了。」萊恩輕撫劍身，目光專注而崇敬，彷彿能從這把劍感受到當年亞瑟國王英勇建國的榮光。

「是啊，陛下。」銀灰髮魔法師語氣恭謹地附和，「是學校裡的三個學生拔出來的。」

「哦？」萊恩國王頗感興趣，放下手中的寶劍，對平臺下的人說，「凡諾斯，這裡沒有別人，找張椅子坐吧，和我說說那三個孩子。」

「多謝陛下。」凡諾斯推了推細框眼鏡，表情一鬆，恢復了平常的態度，吐著舌頭抱怨，「宮廷禮儀眞的太繁瑣了，沒事就要鞠躬，彎得我腰都要直不起來了。」

「那還眞是委屈你過去七年都忍耐著了，才出去幾個月就不想回來了？」

「不敢不敢。」

察覺到國王陛下挑眉審視的目光，凡諾斯趕緊到角落搬來一張椅子，在大殿中找了個適合說話的位置：「三個學生分別是魔法學院的希爾、劍士學院的伊恩和諾亞，都是勇敢的孩子。」

「那件事已經過去了十七年，我還以爲見不到他了。」

「恭喜陛下，相信辛西雅皇后殿下也會感到欣慰的。」

或許是想起摯愛的人，萊恩國王的表情柔和了些，嘴角勾起一絲笑意，「你認爲三個孩子裡，誰會是他呢？」

「拔出劍的人最有可能。」

萊恩國王豪邁地大笑，甚爲滿意地說：「要不是知道你沒進過眞實之境，我都要懷疑你是不是偷看過王室典籍了。」

「陛下明白我沒有就好。」凡諾斯暗暗捏了把冷汗，謹愼地問，「那這件事，陛下的意思是？」

「不急於一時，再觀察看看吧。」

才剛下課，就有人來通知希爾前往校長室，而一旁的法洛堅持跟著。

當他們走上行政樓的樓梯時，聽到有人正在敲校長室的門，原來門前已經站著兩個人，而且是熟人。

「嗨，伊恩、諾亞！」

「嗨，你們也來了？」

「你們也是來找校長的？」希爾問。

「對啊，眞巧！」諾亞開心地笑，親暱地拍拍希爾的肩。

「應該說是校長找我們來。」伊恩補充。

「那老頭在搞什麼鬼？」法洛皺眉。

「不要在門口說我的壞話啊。」穿著魔導士袍子的白髮老人從走廊另一端走來，正是校長柯米恩。

希爾和伊恩、諾亞看見校長，都有禮地鞠躬說了聲「校長好」，唯有法洛滿臉不樂意地問：「你把我們找來做什麼？」

「這個——」科米恩抓抓頭，一副不解的樣子，「我記得我沒有找你啊。」

英明的惡龍閣下被校長的話堵了一下，氣得不知該說什麼，希爾趕緊緩頰：「法洛是陪我來的。」

「沒關係，都進來吧。」科米恩呵呵笑著，彷彿剛剛捉弄法洛的人不是他似的。說話的同時，他單手推開校長室的門，大家都看不出他做了什麼，但方才被伊恩和諾亞敲得震天響也沒開的門，被這麼輕輕一推就開了。

見校長露了這一手，伊恩和諾亞瞪大眼睛，臉上都是佩服的表情。法洛不甘示弱地低聲告訴希爾：「這不算什麼，只是設了一個魔法禁制而已。」

「你知道怎麼打開嗎？」希爾相當好奇，趁沒人注意時偷偷詢問法洛。

「不知道。」英明的惡龍閣下回答得乾脆，不過也許是希爾眼中的詫異微微刺痛了他，法洛又耐著性子解釋：「禁制本來就沒那麼容易破解，別忘了那本《十萬八千九百零五則常用禁制咒語與媒介》。」

聞言，希爾只能咋舌。如果不清楚禁制解法，居然連開門都得盲目嘗試個十萬八千次？

見希爾點頭表示理解，法洛眉頭舒展了些，卻發現希爾還站在門口盯著門，不曉得在看什麼。

「你是想拆了門帶回去收藏？這個簡單。」說著，法洛把手放到門上。

「不是的！千萬別拆門！」希爾嚇得制止，等法洛把手放下，他才鬆了一口氣，並說出盯著門看的原因，「我只是看門上的木牌還是有點歪。」

開學那天來校長室時，法洛幫忙釘回門上的木牌仍歪歪斜斜地掛在門上。

這木牌眞的歪得很明顯，難道校長一點也不在意？

「希爾、法洛，不進來嗎？」伊恩和諾亞在門內呼喚。

聽到好友催促，兩人這才停下關於門的討論，踏入校長室。

這次校長室看起來只是一間尋常書房，以校長的身分來說，甚至顯得狹小不夠氣派。其中兩面牆邊堆滿了直達天花板的書籍，房門所在的那面牆則放了一簍簍待批閱的羊皮紙捲，唯一空著的一面牆上掛著歷任校長的照片。迥異於先前希爾見過的虛妄之境，沒有湖泊、楓葉林、雀鳥，唯一相同的僅有那張橡木書桌。

「怎麼和上次的……」希爾疑惑地打量書房，話才說了一半，就注意到校長偷偷把手指放在嘴唇前，對他示意噤聲，於是他會意地點點頭。

英明的惡龍閣下見希爾睜大了眼睛，隨即低聲說：「一點小把戲，這些也不見得是眞的。」

「是眞的。」校長轉過頭，笑笑地表示，惡龍閣下頓時黑了臉，感到沒面子。

「什麼眞的？我只知道這裡眞的好多書啊！」諾亞聽不懂法洛和校長在說些什麼，逕自對著書架發出讚歎。

「大部分都是和魔法有關的書，劍士讀了派不上用場，倒是有一些歷史人文類的著作，如果有想看的可以拿去。」

「不，我一看書就頭暈，還是算了。」諾亞搖著手，開朗地笑道。

此時，一旁的伊恩禮貌地提問：「請問校長找我們來有什麼事呢？」

「孩子們，別急，先找個位子坐吧。」科米恩指了指書桌前的小圓桌和五張椅子，剛好夠用。

四人入座後，法洛直接切入正題，對著還站著的校長說：「可以說出你的目的了嗎？」

「真是急性子。來點甜食如何？」科米恩顯然是個賣關子的好手，大家的好奇心都快滿出來了，他還不疾不徐地向法洛介紹甜點，「今天準備的是杏桃派，保證和上次的蘋果派一樣好吃。」

雖然不是蘋果派，但希爾發現惡龍閣下似乎無法抗拒美味的甜食，原本沉著臉的法洛不自覺放鬆了神情，又矜持地不想表現出期待：「可以。」

校長呵呵笑著點頭，繞到書櫃後方的櫥櫃拿甜點。

趁著這個空檔，伊恩悄聲問希爾：「法洛和校長很熟嗎？」

「對啊！校長怎麼曉得法洛喜歡蘋果派？」諾亞也附和。

「因爲上學期實作課考核發生了意外，我們在開學時來過一次，那時候校長招待的甜點就是蘋果派。」希爾不確定該怎麼解釋法洛和校長之間的「恩怨」，總不能把法洛被騙進眞實之境現出原形的事說出來，所以只好避重就輕。

「原來如此。」伊恩點頭表示明白，沒多打探法洛和希爾上次來談了什麼。納特總是一副散漫的樣子，卻把這個弟弟教得很好。

「誰和他熟了？」倒是傳說中的惡龍否認了這點。

「聽到這個回答眞是令人傷心。」

四個裝著杏桃派的銀盤在空中飄浮著，來到四人面前後，輕輕落在桌上。科米恩拿著一壺水果茶走回來，招呼學生們：「不用客氣，盡量吃吧。」

「說起來，我對法洛還是有些了解的，即使他不愛和我親近，總是冷著臉讓人有些爲難，不過其實他和你們一樣都是好孩子。」

「老頭，你在說什麼？我才不是……」由於希爾努力地在桌下扯著法洛的袖子，他才沒把最後的「孩子」兩字說出口。

這番無力的反駁自然被科米恩忽略了，只見校長大人神情和藹，不慌不忙地喝了一口水果茶，瞇起眼睛打量四個學生，笑問：「眞實之境裡面好玩嗎？」

「校長，對不起，我們沒詢問過您就擅自進去。」希爾內疚地說，伊恩和諾亞跟著道歉，只有法洛一副無所謂的樣子。

「校長，請不要怪罪希爾，因爲王子殿下沒能取出寶劍的事情鬧得很大，再加上還有中毒和詛咒的謠言，大家都在猜眞實之境裡面是不是有什麼祕密，我們太好奇了，才會忍不住進去看看。」諾亞急著解釋。

「如果在裡面遇到了什麼危險，你們要怎麼辦呢？」校長問。

「這個……」希爾的頭低得不能再低，諾亞漲紅了臉，也不知道該如何回答。

「是我們太衝動了，請校長處罰。」伊恩見狀，索性坦然認錯。

法洛看不過去，開口幫腔：「老頭，不要裝腔作勢了，要是裡面眞的有危險，你會讓王子只帶幾個侍衛就進去嗎？」

「咳，這不一樣。」科米恩頓時沒了氣勢，尷尬地咳了聲，「總之沒事就好，鑰匙既然是我給的，那就沒有立場怪希爾擅自帶你們進去。沒想到你們比王子殿下厲害，不僅進了眞實之境，還把亞瑟國王的寶劍取出來了？」

法洛挑挑眉，彷彿在說「果然是要說這件事」，他淡淡地反問：「那又怎樣？」

校長不理會法洛，悠悠哉哉地繼續說下去：「寶劍被帶出來也不是件壞事，就當作辛格里斯的旨意吧。」

「你把我們找來，只是爲了讚頌辛格里斯嗎？」法洛不以爲然地說。

「當然不是。」科米恩笑了笑，「國王陛下傳來詔令，要我帶你們進王宮接受表揚。」

「咦？」希爾、伊恩、諾亞一同驚呼。

「表揚？」

「國王陛下要表揚我們？」

法洛皺著眉：「可以不去嗎？」

「你不用去。」校長大人笑得開心，似乎在爲口頭占到上風而得意。

「我是說他們。」英明的惡龍閣下沒好氣地補充。

科米恩轉過頭，和藹地對希爾、伊恩和諾亞說：「請你們務必接受。」

校長都這麼說了，三人當然沒有理由拒絕。

「好的。」伊恩立即答應，目光澄澈而堅定。

「天啊！沒想到有生之年能被國王陛下召見，我還沒做好心理準備呢！」諾亞滿臉興奮。

「什麼時候要去呢？」希爾眨著眼睛。

「今晚。」科米恩微笑回答。

氣氛頓時一片歡騰，三人期待地開始討論進王宮的注意事項，只有希爾注意到法洛沉著臉，悶聲喃喃說：「人類的王最好不要耍什麼花招。」

第六章　王子的憂心

離開校長室前，科米恩和三位學生約好了晚上六點在校門口碰面。時間還未到，匆匆回宿舍整理了儀容並換上整齊服裝的伊恩、諾亞和希爾就出現在校門口了。

「我到現在都還覺得像在做夢，我們居然被國王陛下召見了？」諾亞臉上依舊是毫不掩飾的興奮。

「我也這麼覺得。」以成為魔法公會文職人員為目標的希爾，從沒想過要做出什麼驚天動地的事，如今獲得國王召見，他心裡緊張和雀躍的程度和諾亞差不多。

「等見到陛下，大家就會有真實感了，王宮裡規矩很多，到時候可別亂說話。」伊恩正經地提醒兩位好友。

「你進過王宮嗎？」諾亞瞪大了眼睛，好奇地問。

「沒有，是我哥說的，他知道很多事情。」伊恩的眼裡充滿對兄長的信任。

「納特真的很博學多聞呢，他還說了什麼？」

希爾十分佩服納特，每次造訪「希望之秋」時，納特總是什麼稀奇古怪的事物都能聊上一些，這也是為什麼即使法洛和納特不太對盤，卻仍願意出現在「希望之秋」

的原因。

「他說萊恩國王陛下承襲了王族一貫的狡詐，但還算是個明事理又認眞治理國家的好國王。」

「萊恩國王陛下當然是個好國王。」一個帶著笑意的聲音從他們身後傳來。

三人一起回頭，向一身正裝的科米恩禮貌地鞠躬：「校長好。」

「來接我們的馬車要抵達了。」

科米恩剛說完，刻著王室家徽的馬車便緩緩駛來，停在校門前。

一名穿著筆挺軍裝的男子下了車，對身爲校長並且還是大魔導士的科米恩行了個標準的舉手禮，表達崇高的敬意。

「奉國王陛下旨意，前來迎接各位貴賓，請上車。」

馬車離開學校所在的西城區，沿著十字大街駛進中軸廣場，朝王宮的方向一路奔馳。

第一次搭乘王室馬車的三個孩子都難掩興奮，頻頻打量馬車內部。

「車廂裡面好寬敞，坐了四個人也不感覺擠。」雖然希爾搭過紅石商會的馬車，但王室馬車的豪華和寬敞度更勝一籌，令他不禁如此感嘆。

「第一次坐上王室的馬車，這輩子大概也就這麼一次了。」伊恩點頭。

「哈哈，這種事只要有一次就足夠和人炫耀了。」諾亞十分開心。

對於三個孩子的反應，科米恩只是慈祥地靜靜笑著，甚至在平穩前進的馬車裡打了個盹。

一路上，三人有說有笑，不過當馬車穿過王宮城門後，他們便不約而同地降低音量，壯麗的石砌城堡散發出莊嚴肅穆感，讓人忍不住屏息凝望。

希爾已經是第二次進到城堡裡，卻仍不由自主地被高聳的城牆和森冷的氛圍給震撼。

「原來王宮裡是這個樣子啊！」諾亞驚歎。

「噓。」伊恩和希爾同時做出噤聲的手勢。

閉著眼睛假寐的校長睜開了眼，笑著緩和氣氛：「我們是來接受表揚的，不要緊張，這座城堡只是蓋得大了點，各方面都比較浮誇。」

「在中軸廣場遠遠望著的時候還沒意識到，眞的進來這裡後，才覺得城牆堅固又高聳。」

「比學校還大吧？」

「應該有。」希爾點頭。

馬車在王宮的內庭廣場停下，接下來的路程需要步行。

他們下了馬車，一名侍從官馬上過來領路。科米恩走在前方，三個學生緊隨其後，穿梭在裝飾華麗的廊道間。

最後，他們來到一扇大概有三、四人高的大門前方，希爾懷疑是不是王宮裡的門都是這種高度。當侍從官推開大門時，門內的景象再次吸引了大家的注意力。

「哇！」

「太華麗了！」

「這就是今天用餐的地點？」

「是的，國王陛下將在這裡宴請各位，請貴賓們先入座。」侍從官優雅有禮地回答，同時做出「請進」的手勢。

室內擺放了一張坐得下二十人的長桌，桌上鋪的潔白桌巾有著蕾絲花邊和水晶墜飾，排列整齊的銀質刀叉握柄處雕有王室家徽紋樣。

侍從官和其他侍從領著四人來到安排好的座位旁，爲他們拉開座椅。

雖然椅子鋪了軟墊，坐起來相當舒服，但戰戰兢兢的三個學生無法不緊張，他們或盯著眼前的餐巾，或數著頭上水晶燈的吊飾。

「哎呀，我忘記了。」科米恩突然扶額低呼。

「忘記什麼？」

「我忘記把最喜歡的領巾帶來了。」

「爲什麼要帶那條領巾呢？」

「那條領巾是一個學生送我的，國王陛下說過我繫上去看起來年輕了十歲。」科米恩一臉嚴肅地說完，擠出滑稽的表情，「那是一條粉紅色的女用絲質領巾。」

聞言，伊恩、諾亞和希爾都不禁笑了出來，緊繃的氣氛瞬間被校長大人這番玩笑話緩和了。

沒多久，萊恩國王帶著傳聞中染病的王子殿下現身。

「國王陛下、王子殿下。」校長領著學生們站起來，向兩人行禮。

萊恩國王似乎心情很好，笑著抬手示意大家就座。

「大家應該都餓了吧，我們邊吃邊聊。」萊恩語畢，不需要多做指示，站在每個座位後方的侍從們立即上前一步，爲國王和幾位賓客攤開餐巾平鋪在大腿上，接著又後退一步回到待命的位置，動作流暢自然、整齊劃一。

席間，萊恩國王精神奕奕，頻頻打量三名學生，然後對怡然自得享用煎牛排的校長說：「科米恩，你的學生給了我很大的驚喜。」

「陛下，這些孩子都是帕米爾未來的希望。」

「我知道，先王讓你去擔任校長眞是正確的決定。」

「當年先王是覺得我個性太火爆，才會把我丟進小屁孩堆裡歷練的。」科米恩回憶著。

「哈哈，怎麼這麼說呢，你可是大魔導士，沒有人比你更適合這份工作了。」

提起往事就有說不完的話，聊了一陣科米恩剛接任校長時的各種艱辛後，話題才又回到今晚的主題。

萊恩國王舉杯朝向三個學生：「我代表帕米爾帝國感謝你們的義舉。」

伊恩、諾亞和希爾連忙舉杯回敬。不同於國王陛下喝的王室精釀香檳，他們的杯子裡裝的是顏色澄透的白葡萄汁，當然味道也非常美味，甜美的氣味和微酸的口感在冰鎮後更加襯托今晚的餐點。

敬完酒，伊恩提出打從進來後就想問的問題：「國王陛下，請問亞瑟國王的寶劍後來是怎麼處理的呢？」

萊恩國王啜了一口香檳，氣度雍容地答覆：「目前收藏在王室的寶庫裡。」

「不是要給王子殿下使用的嗎？」諾亞跟著問。

「也許哪天安東尼需要的時候，會吧？」萊恩國王笑了笑，不置可否地往王子殿下的方向看了一眼。

眾人這才注意到，始終默不作聲用餐的安東尼臉色實在說不上好看，身形也比先前消瘦不少。

聽了這段對話，安東尼王子顯然按捺不住了，鐵青的臉上微現潮紅，他情緒激動地問：「我想知道是誰拔出劍的！」

伊恩和希爾對視一眼，正要坦然承認時，萊恩國王搶先開口：「三個孩子都很勇敢，是誰拔出劍有那麼重要嗎？」

「……父王說的是，我用這杯酒爲方才的冒失賠罪吧。」國王陛下都發話了，安東尼也不好繼續追問。他勉強笑了笑，說完便直接喝光杯中的酒液，還因爲喝得太急嗆了好幾下。

國王陛下只是呵呵低笑幾聲，沒有再理會安東尼有些異常的狀態。

「國王陛下不會只是找這些孩子來吃飯的吧？」科米恩神情狡黠，「是不是該有些賞賜？」

這瞬間，希爾彷彿看到了法洛向校長討獎勵的畫面。

「當然有賞賜了。」萊恩國王也是個賣關子的好手，話說得慢吞吞的，還不一口氣說完。

「國王陛下？」科米恩被吊起了胃口，忍不住出聲催促。

「孩子們，你們以後的前途無可限量，現在賜予金銀珠寶對你們而言不是好事。所以，我決定授予你們加入屠龍隊的榮譽。」萊恩國王悠悠表示，這個出乎意料的決定讓大家怔了一怔，連安東尼王子都瞪大眼睛。

「謝謝陛下。」伊恩第一個反應過來，趕緊道謝。

「謝謝陛下！」諾亞接口，表情卻沒有太開心。

等了幾秒沒聽見希爾開口，諾亞推了推還愣著的希爾，受到不小驚嚇的前惡龍僕人這才回過神來：「謝謝陛下。」

希爾心裡有些忐忑，不曉得法洛得知他加入屠龍隊後，會是什麼反應？

宴會後半的時間，大多都是萊恩國王和校長在閒聊，偶爾國王陛下也會詢問三個孩子在學校裡的學習情形，以及家庭狀況，三人都有禮貌地一一回答，氣氛和樂，賓主盡歡。

當晚宴結束時，已經是深夜了，王宮的侍衛隊盡職地在門禁時間前把三位學生送回宿舍。

沒有被國王召見的法洛一如往常地待在房裡看書，手上翻閱的是從校長室借來的《美味甜點輕鬆做》。

「我回來了。」回到房間，希爾第一件事就是和英明的惡龍閣下打招呼。

法洛放下書本，目光在希爾身上打量，確認曾經的僕人是否安好。

「今晚眞是難忘的一個夜晚。」希爾臉色微紅，言語間仍顯得興奮。

「不就是去王宮裡晃晃？上次舞會時不是去過了？」法洛不以爲然。

「這次可是和國王陛下共進晚餐，這是很高的榮譽！」

「哦？吃了什麼？」法洛裝出勉強感興趣的樣子。

「燻鮭魚沙拉、羅宋湯、煎牛排……」希爾認眞地回想餐點，說到一半卻意識到不對，「等等，比起餐點，難道你不是應該問今晚發生了什麼事嗎？」

法洛挑挑眉，按捺住不耐，配合地問：「今晚發生了什麼事？」

「除了國王陛下，安東尼王子殿下也出席了，國王陛下非常親切，和校長聊了許多趣事，還關心我們的生活和學習狀況。只是王子殿下臉色不太好，和傳聞中說的一樣，似乎生病了。」

「哦？那個王子生病了？這麼久還沒好？王宮裡的珍稀藥草和高級治療術沒派上用場嗎？」惡龍閣下彎起嘴角，像是聽說了什麼有趣的事。

「也許寶劍上確實有什麼不為人知的詛咒？可能在你沉睡之後，有人在上面施咒？」想到這裡，希爾不免有些害怕，虔誠地做了個祈禱的手勢，「願光明神早日治癒王子殿下。」

「那你們三個去拔寶劍，怎麼就沒受到詛咒呢？」

「王子殿下那麼厲害，不可能找不到寶劍的所在地點，說不定詛咒的效力只有一次，他比我們先進去並找到寶劍，所以就觸發詛咒了。」希爾說出自己所能想到的完美推論。

「眞實之境裡滿滿的光元素精靈，詛咒咒印哪有可能維持個幾千年？要不是因為這樣，我當初也不會放心地踏進那個該死的空間魔法。」法洛說著，想起了不愉快的回憶。

「可是王子殿下看起來應該眞的生病了，和他一起進去的侍衛也因為詛咒而死了。」希爾一臉糾結，想破了腦袋也弄不明白究竟是什麼狀況。

「想不出原因就別想了，一定還會有新的消息。也許我們該去王宮裡玩玩？」

「不可以！」希爾嚇壞了，「絕對不可以未經允許就進入王宮，那可是會被處死的重罪啊！」

驕傲的龍族才不會那麼容易受到威脅，只見法洛笑容燦爛，滿不在乎：「那也得他們抓得住我。」

「總之，不可以就是了！」希爾態度堅定，在法洛勉強點點頭後，他才接著說下去，「還有一件事。」

「怎麼了？」

希爾欲言又止，吞吞吐吐地把句子說完：「伊恩、諾亞和我……加入了王子殿下的屠龍隊。」

聽到「屠龍隊」三個字，惡龍閣下銳利的目光掃過希爾，眼睛微瞇，嗓音瞬間轉冷：「爲什麼？」

「你別生氣，其實我們本來沒想過加入，是國王陛下說要賜給我們加入屠龍隊的榮譽，在那種情況下不好拒絕，所以就莫名其妙接受了。」

法洛明白希爾不會騙他，但還是沉著臉不說話。

「對了，離開前，王宮的侍從給了我們屠龍隊的徽章和披風。」

法洛這時才想起希爾進來時，手上拎了個布包。希爾邊說邊從布包裡拿出一件頗具氣勢的紅色長披風，和一個有著複雜紋飾的金燦燦徽章。

「看起來還不錯，要不我也加入好了？」法洛端詳了一會後，眨了下眼睛。

「什麼？」希爾簡直要懷疑自己幻聽了。因爲贈送的裝備看起來不錯，所以想加入屠龍隊嗎？

希爾沒有幻聽，法洛也沒有開玩笑的興致。

如何加入屠龍隊不需要希爾煩惱，英明的惡龍閣下隔天去了趟校長室後，沒多久王宮侍衛官就送來了裝有屠龍隊徽章和披風的布包。

「這披風不錯，很能襯托我的氣質。」英明的惡龍閣下披上紅色長披風，在鏡子前照了又照。

「是滿好看的。」

希爾在心裡感嘆，明明是同樣的披風，爲什麼法洛穿了就是帥氣，自己穿了卻顯得弱不禁風呢？

「那你怎麼一直嘆氣？」打從昨晚得知法洛要加入屠龍隊後，希爾就不斷長吁短嘆，英明的惡龍閣下自然不會沒注意到，能忍到現在才問，法洛認爲自己自制力實在非常好。

「這個……您不覺得自己加入屠龍隊很奇怪嗎？」屠龍隊裡有隻龍，這是多荒謬的情況？

「有什麼好奇怪的？」

好吧，英明惡龍閣下說不奇怪就不奇怪。

希爾再次在心裡向光明神默禱，希望自己和法洛能順利畢業，不要再鬧出什麼大事了。

🍎

屠龍隊的召集令來得突然，在法洛順利加入屠龍隊後的第三天，他們就收到了召集令，於是四人相約一同前往集合。

集合地點是城北的一棟大宅，這裡原本是帕米爾各郡官員造訪帝都時的臨時居所，但是在王子殿下建立屠龍隊後，便成了屠龍隊的據點。

在收到傳令的冒險者中，少年面孔的伊恩、諾亞、希爾、法洛特別引人注目，不時有懷疑和奚落四人實力的耳語。

「你們看，那裡怎麼有四個小孩子？」

「他們穿著披風、戴了徽章，看來也是屠龍隊的成員吧？」

「太危險了，應該讓他們趕快回家去。」

「我記得公會訂定的選拔標準很嚴格，乳臭未乾的小子們是怎麼通過的？」

「不會是靠關係進來的吧？」

諾亞個性率直，再加上年輕氣盛禁不起挑釁，忍不住就回嘴：「年紀輕又如何？你們曉得亞瑟國王的寶劍是誰取出來的嗎？」

「不是取失敗了嗎？」一個聲音用想笑又不敢笑的語氣說。

「第一次失敗了，但聽說最後還是取出來了。」

「王子殿下不畏詛咒，又前往帝國學院取劍了嗎？」

「我的家族裡起碼有十個孩子在帝國學院念書，沒聽說有這件事啊。」

「難道取出劍的不是王子殿下？」

「不管是不是王子殿下，都不可能會是這群孩子吧？」

「對啊，幾個小鬼能做什麼？」

諾亞還想反駁，卻被伊恩拉住：「我們別惹事，否則回學校不好交代。」

那些冒險者原本也還要繼續嘲諷，但就在這個時候，大門從外頭被打開，安東尼王子領著隨身侍衛和海曼、尼爾走進來。

雖然消瘦不少，不過精神似乎好多了的王子殿下走到大廳前方，與生俱來的身分和菁英教育使他舉手投足間散發尊貴氣場。他不發一語，靜靜打量著屋內的一百位冒險者。

片刻後，安東尼王子悠悠開口，原本爽朗的嗓音流露出沉重，卻有股煽動人心的魅力：「各位，需要你們貢獻所長的時刻到了。」

熱血的冒險者們立即昂首回應。

「沒問題！」

「赴湯蹈火，在所不辭！」

「是龍出現了嗎？」

「終於找到了嗎？」

「在哪裡？」

安東尼王子舉起手，示意鼓譟的眾人安靜，並用極有說服力的懇切語調說：「昨日，格菲爾的巡邏衛兵在城外廢棄的礦坑口發現可疑的血跡，且礦坑內留有巨大腳印，極可能是龍族藏身的巢穴。」

聽了這番話，冒險者們全都按捺不住，一個個拿了武器想馬上往外衝。

「那我們還等什麼？」

「該死的龍族！等著領死吧！」

「我們現在就衝，怕死的別跟！」

「請王子殿下吩咐，聽候王子殿下差遣！」不知道是誰喊了這句話，令大家頓時回過神來，想起自己加入的是王子殿下率領的屠龍隊，可不是說走就走的普通冒險隊，於是他們看向安東尼王子，齊聲高喊：「聽候王子殿下差遣！」

安東尼露出滿意的表情，等呼喊聲稍歇後，接著說下去。

「目前有一隊侍衛守在礦坑外，今晚請大家充分休息，我們明天一早就進入礦坑，找到那隻龍，爲帕米爾除害！」

「王子殿下英明！」冒險者們又是一陣高喊，而安東尼王子按著來時路慢慢走向大門。他似乎頗爲享受這個過程，途中還稍作停留，朝那些支持他的人一一投以感謝的目光。

海曼和尼爾安靜地跟在王子殿下身後，表情凝重，看起來心事重重。當在人群間瞥見法洛和希爾等人時，海曼神情驚訝，彷彿在說「你們怎麼會在這裡」，而尼爾順著好友的目光望去，在看到熟悉的面孔時，臉色也爲之一沉，用嘴型說了句「很危險，快離開」。

法洛讀懂了尼爾說的話，不過身爲驕傲的龍族，他僅是自信地笑了笑，不爲所動。

沒多久，王子殿下告別一眾支持者，海曼和尼爾也跟著離去。

希爾等人默默旁觀整個過程，法洛雖然一臉不認同，但由於希爾始終緊張地拉著他的袖子，他順利地忍住了沒有發表任何評論。

「就是明天了！我眞怕今晚興奮得睡不好覺。」諾亞激動地說。

「幸好明天不用上課。」伊恩倒是相當冷靜。

希爾當然是一點都不願意去屠龍，可是他說不出想臨陣脫逃這種話，萬般無奈之下，便隨口問了惡龍閣下對此事的看法。

「法洛，你認爲呢？」

英明的惡龍閣下瞧了一眼群情激憤、蓄勢待發的冒險者們，不屑地哼了一聲：「礦坑那種狹小又空氣不好的地方，誰喜歡待在那裡？」

諾亞認爲法洛說的極有道理：「嗯，換成是我也不會喜歡待在那。」

希爾想像了下礦坑的環境，再對比法洛之前在坦頓山脈居住的寬闊山洞：「礦坑的確不是個太舒適的環境。」

「你們又不是龍，怎麼知道龍的想法？」有個冒險者偷聽了四人的對話，插嘴說道。

看著想回嘴的法洛，希爾深怕惡龍閣下說出「我就是龍」之類驚天動地的發言，於是趕緊陪笑：「不好意思，我們只是隨口說說的。」

見希爾態度良好，那個人覺得也不好跟年輕人計較，咕噥一句「小孩子懂什麼」就走了。

王子殿下都離開了，屋內的冒險者們也紛紛散去。四人邊走邊聊回到學校，約好明日一早碰面的時間，便各自轉往魔法學院和劍士學院的宿舍。

希爾一路上顯得憂心忡忡，和法洛一起回到房間闔上房門後，他總算找到機會說出自己的擔憂。

「那個廢棄的礦坑裡眞的不會有龍嗎？」

法洛已經脫下長披風收進衣櫃，聞言，他停下了解開衣服扣子的動作，正色問道：「怎麼說？」

「會不會是有人禁錮了龍，所以才能一直取出龍血去拍賣？」

「想禁錮龍可不是一件容易的事，即使實力再差，一隻成年龍的魔力也不會弱於兩個人類大魔導士。」法洛笑了笑，似乎想讓希爾放心，「別想太多，洗完澡早點休息。」

「眞的不可能？或許是未成年的龍？」希爾不放棄地追問。

「雖然機率很低，但你的推測的確是一種可能——最不可能的那種。」法洛拍拍希爾的肩膀，要他放輕鬆。

「那你的推測是？」希爾感覺自己被敷衍了，不服氣地反問。

在經歷過的幾次事件中，希爾總是被保護和拯救的那個，看似沒什麼用處，不過待在法洛身邊久了，他也漸漸學會提出自己的看法。也許不一定是正確的，他仍努力地不斷成長著。

「說不定什麼都沒有。」

「什麼都沒有？所以明天會白忙一場？」嚮往平靜日子的希爾鬆了一口氣，卻又似乎隱隱有些失落。

「我又不是辛格里斯那個混蛋，怎麼能確定？」英明的惡龍閣下沒好氣地回答。

「就算這樣，也不能說光明神是混蛋啊！」希爾說完，隨即雙手交握禱告，替法洛向光明神道歉。

「每天罵他的人多的是，他不會在意的。」法洛擺擺手。

希爾結束禱告睜開眼睛，一聽到法洛的話，他便皺起眉頭：「這樣會得不到光明神庇佑的。」

「我不是渺小的人類，高貴的龍族相信靠自己的力量就可以過得很好。」

「算了。」希爾放棄和法洛爭論，只是他決定以後禱告的時候，也要順道爲法洛禱告——

以免傳說中的惡龍因爲沒有光明神的庇佑，導致運氣變得很差。

睡前，滿肚子疑惑的希爾決定再問一問法洛，於是他喊了尊稱，擺出虛心求教的態度討好地問：「英明的法洛閣下，您是如何推測出礦坑裡的狀況的？」

法洛翻著睡前讀物《如何討好你的枕邊人》，漫不經心地回答：「我猜的。」

房裡的空氣頓時凝結，靜默了好一會，渺小的人類才心情複雜地喃喃說：「當我沒問過吧。」

半夜，原本已經入睡的法洛被鄰床室友翻來覆去的動靜吵醒，忍不住用因半夢半醒而略顯沙啞的嗓音問：「還不睡？」

「快睡著了，只是一閉上眼睛，腦海裡都是明天的畫面。」希爾語氣無奈。

「明天還沒到，哪來明天的畫面？我都不曉得你會預言術了。」法洛很睏，帶著睡意的聲音含糊不清，明明說的話像是嘲諷，聽起來卻有些可愛。

「我是不會預言術，但我可以想想如果發生狀況該怎麼應付，而且也許光明神會想對我暗示什麼？」希爾認眞地說。

「連失眠都能扯到辛格里斯？」

「光明神會賜給我勇氣，讓我不會逃避、勇敢面對敵人、更熟練地操縱魔法、幫上你一點忙、在你需要的時候保護你……」

「夠了，你眞的該睡了。」法洛決定對希爾丟一個睡眠魔法。

居然想保護我？

雖然認爲鄰床的人類太不自量力，法洛卻莫名感覺有點……開心。

聽著希爾輕微的鼾聲，傳說中的惡龍也安然地閉眼睡去，也許今晚他可以做一個好夢。

隔日一早，一百名冒險者全副武裝聚集在城外的廢棄礦坑口。

法洛四人都換上了屠龍隊的專屬披風，和其他同樣穿紅披風、別徽章的冒險者們待在一起。稚嫩的臉孔在一群經驗老道的冒險者中顯得特別突兀，大概也因爲年紀輕的關係，沒人來和他們攀談。

沒多久，一輛豪華馬車駛近，眾人原以爲是王子殿下的馬車，紛紛停下議論，然而看清楚車身上舒曼商會的徽飾後，場面又恢復了喧鬧。

海曼與尼爾從馬車上下來，一看到法洛四人，尼爾率先走近，著急地問法洛：「你們怎麼還在這裡？」

跟著走過來的海曼也用傲慢的口吻說：「昨晚不是叫你們回去了嗎？」

「爲什麼要回去？」法洛的神情輕鬆自在，彷彿今天是來郊遊的——事實上，他的確是這麼想的，他一早就心情很好地吹著口哨，讓希爾準備了一些烤肉三明治和一壺蘋果汁。

「你們不曉得礦坑裡面很危險嗎？」海曼的眉頭皺得快打結了。

法洛懶得多和海曼爭論，無所謂地笑了笑：「那又如何？」

海曼氣得瞪大了眼睛，一時說不出話，一旁的伊恩見狀，爽朗地笑著代爲回應：「我們會注意安全的。」

海曼和尼爾這才認眞打量起法洛身邊的兩位見習劍士：「上學期在實作課好像見過？你們是一起來的？」

「這是舒曼商會的海曼，以及紅石商會的尼爾，是我和法洛的同班同學。」希爾適時把兩人介紹給伊恩和諾亞，「這兩位是劍士學院的伊恩和諾亞，我們四個是實作課的隊友。」

尼爾有禮地向兩人致意，而海曼只是隨便點了個頭。

「你們是怎麼加入的？」尼爾注意到四人皆披著紅披風，這表示他們確實是屠龍隊的成員。

「是國王陛下賜予我們加入屠龍隊的榮譽。」

「居然是國王陛下？這不可能！」海曼不敢相信自己所聽到的。

「國王陛下爲什麼要給你們這份榮譽？這不尋常。」尼爾冷靜地說。

「因爲我們幫王子殿下取出了亞瑟國王的寶劍！」諾亞不甘示弱。

「什麼？」

「你們取出了寶劍？連安東尼王子都沒取出——」尼爾才說了半句就噤聲，目光在四人身上來回掃視。

「是誰把劍拔出來的？」海曼雖然高傲慣了，但其實他個性率直，不喜歡拐彎抹角，於是索性直接問了，同時視線狐疑地飄向法洛。

「你覺得是我拔的？」法洛笑得神祕莫測，「可惜你要失望了。」

海曼轉頭看向諾亞和伊恩，不客氣地問：「是你？還是你？」

被忽略的希爾瞧了瞧同伴們，頓時有種爲什麼自己被跳過的納悶感。

這時，一群駿馬奔馳過來後立定嘶鳴，安東尼王子在侍衛隊的護衛之下，總算出現了。

海曼和尼爾趕緊停下和法洛四人的談話，很快迎了上去，恭敬地鞠躬並跟在安東尼身後。

所有人自動往左右兩側退開，讓王子殿下走到礦坑入口處，轉身面對大家。

冒險者間推舉出的領隊者走上前，向安東尼王子鞠躬：「王子殿下，大家都到齊了。」

王子殿下滿意地點點頭，嘉許地稱讚了兩句就讓人退下。接著，神采奕奕的安東尼開始發表談話。

「來自各地的冒險者們，感謝你們在帕米爾帝國有危難時挺身而出，面對邪惡的龍和未知的危險仍然沒有退卻，我代替國王陛下謝謝各位的英勇，願光明神的恩賜與大家同在。」

話剛說完，冒險者們一個個熱烈應和，大有爲帕米爾帝國、爲王子殿下赴湯蹈火的意思。

安東尼環顧眾人，目光在法洛四人身上多停留了一會，隨即眼神一黯，迅速轉開，語氣激昂地宣布：「時間差不多了，大家出發吧！」

第七章　礦坑裡的魔物

侍衛隊隊員依令打開封住礦坑入口的木板，只比一人略高的甬道慢慢露出。

「這裡面有多深？」一個穿著劍士服的人提出疑問。

冒險者們面面相覷，沒有人曉得答案，好不容易有個頭髮半白的煉金術師開口：「我聽家裡的長輩說過，當年這個礦坑的開採持續了三百五十年，後來因爲再也挖不出有價値的礦產才被廢棄。」

「三百五十年？挖了那麼多年，裡面的坑道應該根本是座迷宮了吧？」

「那該怎麼辦？總不能屠完龍之後出不來。」

沒人討論怎麼屠龍，倒是先擔心起屠龍後的事了。

法洛聽著眾人的交談，臉上的不屑之色顯而易見，要不是希爾扯著他的袖子，他早就和那些人起衝突了。

面對大家的擔憂，安東尼王子依舊微笑著，顯然已經考慮過這個難題。他充滿信心地掃視不安的冒險者們，語氣沉著：「各位不用擔心，我帶了赤影蝶，我們進去之後，留守的侍衛會在洞口燃燒赤蝶草，到時候只要放出赤影蝶，不管是多深的坑道，赤影蝶都可以循著赤蝶草的氣味帶我們回到入口。」

「王子殿下英明！」所有人鬆了一口氣。

冒險者們開始組織隊形，原本想身先士卒的安東尼在眾人的極力勸阻下，勉爲其難地退守隊伍中間，由大劍士和高階劍士在前方開道，輔助系的祭司和煉金術師隨後，接著是體弱的魔法師。

隊長並沒有把法洛四人編進隊伍中，於是他們落在隊伍的最後方。

「我們是不是不在隊形裡？」諾亞發現他們四人甚至沒有被分配任何任務。

「我們跟著大家一起前進，總會幫得上忙。」伊恩認真地道。

對此，傳說中的惡龍倒是很滿意：「雖然無法挑選旅伴，但至少互不干涉，不必聽外行人的號令。」

「小聲點。」希爾擔心法洛的話被聽到會引起不快，伸手扯了扯法洛的袖子。

「希爾，你爲什麼扯我的披風？」一個沉穩的聲音疑惑地問。

「伊恩？對不起，我拉錯人了。」希爾一時之間又羞又窘，他沒料到自己會拉到伊恩的披風，而且拉披風的原因實在不好解釋。

原來是在黑暗中，本來和希爾並行的法洛神不知鬼不覺落後了一大步，才導致希爾扯到了伊恩的披風。

計謀得逞，法洛心情極好地壞笑出聲，笑完後還不忘調侃希爾：「你愛扯衣服的壞習慣應該改一改，我有好幾件衣服都要被你扯壞了。」

「我沒扯那麼用力吧？」希爾羞窘地小聲反駁。

礦坑甬道內十分陰涼，陽光只能照到入口處那一小片地方，剛開始還能看見眼前的兩、三個人，但隨著隊伍越來越深入，周遭也跟著陷入伸手不見五指的漆黑。

隊長拿出一顆散發瑩潤光芒、只有鴿蛋大小的石頭，提供了微弱的照明。

由於上學期實作課時的陰影還在，希爾打從心裡對這種地方感到不安，他不禁稍微提高音量問：「我們是不是該弄個更亮一些的照明？」

聲音在坑道裡被放大，恰巧大夥兒正屏氣凝神，一時無聲，令希爾的問句顯得特別響亮。

幾個資深的冒險者大叔立即駁斥：「小孩子懂什麼？點火把是想把魔物吸引過來嗎？」

「是啊，一般魔物也就算了，要是驚動了龍那可不是鬧著玩的！」

「孩子們當作是來玩的吧？」

「是啊，我在外面聽他們說帶了烤肉三明治，根本是野餐跑錯地方了。」

「哈哈哈！」眾人頓時一陣訕笑。

剛被指控扯壞衣服的希爾沒敢再扯法洛的衣服，只能抓著法洛的手臂要惡龍閣下別生氣。然而與好脾氣絕緣的法洛終究忍不下去，冷著聲音不悅地反問：「誰說只有點火把才能照明的？」

希爾還以爲法洛會說「誰說不能帶烤肉三明治來冒險」，沒想到居然是爲他辯駁。

「哼！難道你們也要用月光石？月光石可是非常稀有的寶物，你們有嗎？」言下之意就是，沒有月光石的人當然只能點火把了。

「對啊！月光石很昂貴的，你們買不起吧？」這個人注意到法洛四人的身上並未別著貴族或大商會的家徽，武器裝備看起來也都是廉價品。

「月光石那種低亮度又得浪費一隻手拿著的東西，也只有你們這些人會當成寶貝。」傳說中的惡龍語帶輕蔑。

被法洛一句話氣得臉紅脖子粗的大叔大聲反問：「乳臭未乾的小子！那你說，你有什麼更好的方法？」

「對啊！不會只是出一張嘴吧？」旁邊的人幫腔。

「大家稍安勿躁，每個屠龍隊成員都是生死與共的夥伴，如果有誤會，大家應該要互相溝通包容。」

王子殿下的聲音一響起，眾人便安靜下來。

這時候，「啪」的一個彈指聲，數十顆瑩亮的小光球在隊伍周遭浮現，法洛自信而輕鬆的嗓音在坑道裡迴盪：「沒什麼誤會，我剛好會一點小把戲，比月光石有用多了。」

「哇！」冒險者們望著身邊的點點光球，目瞪口呆後紛紛驚歎。

「這是魔法對吧？我感覺到元素精靈的波動。」

一般的聖光術是聚集大量的光元素精靈，以大面積覆蓋的方式展現，而法洛將光元素精靈們控制在光點的規模，就達到了照明的效果。

「這麼簡單的方式，怎麼一開始不使用呢？」

「是啊！隊伍裡的魔法師太偷懶了吧？」

聞言，魔法師們不能沉默了，一名有著灰白鬍子的高階魔法師被推派出來解釋：「咳，這是小型的聖光術，一個兩個就算了，這麼多個太浪費魔力了，沒有人會這麼做的。」

而且要支應百人冒險隊長時間的照明需求，需要高強度的專注力和對元素精靈精巧的操控能力，即使是高階魔法師也沒有自信可以達成。不過灰鬍子魔法師當然不會把這個理由說出來，只是辯解道：「肯定維持不了多久。」

「你做不到，不代表我做不到。」傳說中的惡龍笑得自信，有種睥睨一切的威風。

然而法洛現在是十七歲少年的模樣，冒險者們雖然一時被震懾得說不出話，但很快就回過神，不甘示弱地回嘴：「等著看就知道了。」

「這樣還有意見嗎？」法洛的聲音不大，可眾人都能見到數十個小光球像蝴蝶似的輕盈飛舞，無論法洛是否能負荷整個冒險過程的照明，不弱的魔法實力已是明擺著的事，沒有人再出聲質疑。

安東尼王子輕輕笑了幾聲，打破沉默：「既然照明的問題解決了，大家就繼續前進吧！」說完，他的視線有意無意地掃過法洛一行人，隨即轉身邁步。

跟著隊伍走了一會，希爾擔心地看向法洛，壓低了聲音問：「你能支撐得住嗎？」

「我還不至於淪落到連這種簡單的小魔法都應付不了。」

聽了法洛的回答，希爾仍是不放心，擔憂地叮囑：「如果累了就休息，別太勉強了。」

諾亞不懂魔法，但他隱約覺得法洛很了不起，於是開口問希爾：「法洛的魔法是不是很厲害？」

「嗯，他本來就很厲害！」希爾毫不猶豫地回答，語氣裡有幾分以法洛為傲的意思。

在希爾回應的同時，隊伍周圍飛舞著的小光球彷彿有了生命似的，突然繞著圈飛得更歡快了些。

又走了一段時間，坑道漸漸狹窄，由於空氣不流通又潮溼，混著煤礦味的腐敗氣味越來越重，其中摻雜著刺鼻的味道。

「天啊，真難聞。」

「這種味道，是困在礦坑深處的生物屍體腐爛後產生的吧？」

「我們不會變成其中之一吧？」

「去你的！說這個也太觸霉頭！」

「算了吧，阿瓦德就是這副德行。」

「開個玩笑解悶啊，我都要被這氣味悶死了。」

「這哪裡好笑？總能說點別的吧。」

「說什麼？」

「說說這前面的岔路該走哪一條啊！」

就在幾個冒險者你一言我一語拌嘴時，一陣尖銳的嘶叫從前方一條岔路深處傳來，走在最前面的高階劍士們馬上凝神警戒。

「什麼聲音？」

「是龍嗎？」

「龍是這樣叫的嗎？」

「你聽過龍的叫聲？」

「不管是什麼聲音，我們這麼多人，怕什麼！」

「大家不要慌亂。」安東尼王子沉穩的嗓音在這時發揮了安定的作用。

眾人再度記起這支隊伍可是王子殿下率領的屠龍隊，於是隊長站了出來，恭敬地請示安東尼：「王子殿下，我們該朝比較寬的這條坑道繼續前進呢，還是去查明聲音的來源？」

「我們的目的是替帕米爾帝國人民剷除邪惡的龍族，找到龍族是最重要的事，不過若不去查明狀況，大家也不能放心。所以我認爲，大隊人馬應該繼續前進，同時派出一支小隊前往探查，各位覺得呢？」在微黃的光暈下，王子殿下的神情仍舊從容自若，迅速地做出決定。

冒險者們彼此看了看，都顯得猶豫不決。

「如果分出的小隊遇上了龍，可能會沒有應付的能力。」

「不，這種長年無人進出的坑道，常見的不過就是老鼠蝙蝠之類的生物，那叫聲肯定不會是來自龍族。」

「是啊，聽說龍吟可以直接震碎嬰兒的心臟，不會是這種無力的嘶叫。」

且不論這位冒險者對龍吟的形容，眾人基本上一致同意方才的叫聲不會屬於龍。

「那就派出一支小隊去那條岔路勘查吧。」

於是，在王子殿下的指揮下，一隊二十人的隊伍朝另一條坑道的方向而去，剩下的八十人則再次往前推進。

自從踏進礦坑後，眾人始終走在低緩的下坡路上，原本還有說有笑充滿朝氣的隊伍，隨著越來越深入地底變得越發小心謹慎，走了好一陣都沒人開玩笑。

處在沒有陽光的密閉空間，幾乎感受不到時間的流逝，希爾懷疑自己可能走了三堂魔法理論課那麼久的時間，比起發痠的雙腿，更令人煎熬的是對未知的恐懼。

「我們要走到什麼時候？」希爾越走心裡越不安，忍不住壓低了聲音問。

「我早就想問了。」諾亞吐吐舌頭，一副悶了很久的樣子。

「現在也只能跟著大隊走。」伊恩語氣平和，予人安心之感。

法洛看了一眼希爾那下意識緊捏著衣角的手指，輕聲問：「你在害怕？」

希爾背脊發涼，手心裡都是汗，但不想帶給同伴困擾的他強自鎮定，露出了笑容：「害怕？沒有，我只是有點興奮。」

「不用擔心。」法洛說完，給了希爾一個擁抱。

雖然只是短暫幾個眨眼的時間，希爾和伊恩、諾亞依然愣住了，尤其是希爾。

棕髮少年瞪大眼睛，舌頭像是打結了似的，無法好好說完一句話：「你你你，怎麼突然……」

希爾的反應讓法洛感到困惑，他偏著頭問：「書上說這個動作可以給人力量，難道錯了？」

面對如此認眞研究人類行爲的法洛，希爾不知道該怎麼回答了。究竟如何向驕傲的龍解釋，人類的擁抱是必須看時機的？

「沒錯！我們應該常常給予朋友們擁抱！」就在希爾糾結的時候，諾亞笑容燦爛地拋出一個正面的答案，說完還依樣畫葫蘆分別給了伊恩和希爾一個擁抱，接著又朝法洛張開雙手，「換我給你擁抱了。」

沒想到，法洛丟下一句「我不需要」，就轉頭大步跟上隊伍了。

「還以爲法洛突然變熱情了，沒想到……」諾亞開玩笑地擠出一個難過的表情，「難道他是嫌棄我的擁抱？」

「他應該沒有這個意思。」希爾拍了拍諾亞以示安慰，他相信法洛單純是認爲自己足夠強大，不需要別人給予力量。

伊恩微笑看著好友們的互動，隨即提醒：「我們快跟上隊伍吧。」

大隊人馬又悶著頭走了一陣，突然，隊伍後方傳來淒厲的叫喊。

即使屢次奚落法洛四人只是小孩子，幾名劍士大叔仍馬上把法洛四人護到身後，劍尖朝外聚攏，而其他冒險者也紛紛提起武器戒備，不用任何口令便迅速反應，不愧是老練冒險者組成的隊伍。

「大叔們很厲害啊！」諾亞驚呼。

「那還用說，我們可不是新手。」一名肌肉賁起的高階劍士露出得意的笑容。

諾亞尷尬一笑，轉頭發現身邊的伊恩雖然一起被保護著，但也拿著劍擺出迎戰的架勢，於是連忙收斂心神，跟著拔劍以待。

被八、九個大叔護在身後的希爾等人還是處於隊伍末端，再加上法洛的光球提供了足夠的照明，因此他們可以清楚望見一個滿身是血的人衝了過來。

「天啊！那是什麼？」

「要攻擊嗎？」

「不，是同伴！」

冒險者們轉瞬做出判斷，不過戒備依然沒有鬆懈。

「我好痛……我不想死，救救我——」那人發現隊伍，彷彿溺水者看見浮木，立即狂奔而來嘶啞地乞求。

一個聲音不敢置信地問：「你是……阿瓦德？」

「阿瓦德不是在去探查另一條坑道的小隊裡嗎？」有人疑惑地問。

阿瓦德先前才開玩笑說大家該不會也將變成在這裡腐敗的生物之一，如今卻臉上血肉模糊，看不出原本的相貌，似乎應驗了這無心之言。要不是穿著和配劍沒有變，即便是和他熟識的冒險者也難以辨認出來。

「是我！我是阿瓦德，救救我！」

「怎麼只有你一個？小隊裡的其他人呢？」反應快的人察覺事態可能嚴重了。

這時，王子殿下在隨身侍衛的保護下來到後方，先命令魔法師使用治療術鎮定傷勢後，他便趕緊問話：「我們會幫你治療，快告訴大家發生了什麼事。」

在治療術之下，阿瓦德扭曲的臉龐不那麼猙獰了，但嗓音仍顯得嘶啞氣虛：「另一邊有血蝙蝠，至少上百隻，數量實在太多了……」

聽到血蝙蝠的時候，眾人的臉色已經十分凝重，得知有上百隻後更是個個倒抽一口涼氣。

「血蝙蝠喜歡棲息在沒有陽光的地方，性情暴躁，喜食各種生物的血液，特別偏愛人血。除了擅長高速飛行外，還有魔法抗性，更可怕的是，牠們的血液具有腐蝕性，絕對不能沾到。」灰鬍子魔法師將血蝙蝠的資訊告訴大家，關於最後那句不能沾到，憑阿瓦德此刻的慘狀便能理解。

「我還是好痛！治療術呢？快治好我——」原本看似好轉的阿瓦德突然承受不住痛楚，渾身顫抖地在地上打滾。

看著這個場面，沒有人說得出話，只有一名模樣稚嫩、似乎資歷尚淺的冒險者驚呼：「怎麼會這樣？不是用了治療術嗎？」

旁人拉了拉他，語氣沉重：「別說了。」

灰鬍子魔法師臉色一黯，轉身面對安東尼王子，輕聲說：「王子殿下，治療術是有極限的。」

眾人都明白這是什麼意思，治療術是辛格里斯的恩賜，然而再深厚的恩賜，也有無法挽回的情況。

「讓他別再痛苦了。」安東尼王子沉痛地舉起手一揮，一枝羽劍迅疾而準確地射中阿瓦德的心臟，爲他的冒險生涯劃下句點。

隊伍裡大半皆是身經百戰的資深冒險者，見過許多慘烈的生離死別，知道眼下最重要的是想辦法脫困。雖然阿瓦德的死在心上刻下了一道傷痕，他們仍快速討論起目前的處境。

「近百年來，經過各方懸賞和掃蕩，血蝙蝠的數量大幅降低，只有零星幾個難以抵達的危險區域能見到血蝙蝠的蹤跡。如今居然遇到上百隻……」

「我們現有的裝備和一切準備都不是為了對付血蝙蝠。」

「如果碰上了？」

眾人面面相覷，尤其是經驗老道的冒險者們更是一臉凝重，沒有人回答這個問題。

原本在隊伍前方的隊長走到安東尼身前，鞠了個躬後，神情嚴肅地說：「王子殿下，我請求撤退。」

面對隨時會遭遇血蝙蝠的危險局勢，即使王子殿下想繼續往前，恐怕也無法讓所有人心甘情願。

只見王子神情肅穆地說：「帕米爾已經失去了二十名勇者，不能再失去更多人。我們回去進行更周全的準備，下次再來！」

眾人聞言精神一振，出聲應和，眼神裡充滿了熱情和感動。

只有傳說中的惡龍心不在焉，側頭傾聽著什麼，完全不受王子激勵人心的一番話影響。他微皺起眉，輕聲說：「來不及了。」

「什麼來不及？」希爾一時沒意會過來，話才剛問出口，就聽到高頻的嘶叫聲，以及振翅的聲音。

「是血蝙蝠！」幾個反應快的人高聲示警。

血蝙蝠飛行的速度十分迅疾，由遠及近僅花費幾個眨眼的時間，嘶叫聲越來越清晰。

「快走！」

「快！火球術預備！」

「先保護王子殿下撤退！」混亂中，不知是誰喊了這麼一句，雖然安東尼舉起長劍試圖加入戰線，但在侍衛隊的忠心護衛及層層保護下，他只得作罷，一行人馬上往另一條坑道移動。

「好！我們擋住這一波，讓王子殿下先走。」

隊長喊出口令，眾人收束隊形聚攏在一起，年輕的魔法學徒和見習劍士也想貢獻自己的力量，但稍微一上前，就被冒險者大叔們喝斥到隊伍中間待著。

於是希爾四人處在最安全的地方，希爾在心裡不停地向光明神祈禱，伊恩和諾亞則提起鬥氣覆蓋於劍身，做好迎戰的準備，只有法洛還有心情吹著口哨，興致盎然地等待血蝙蝠。用來照明的小光球除去必要的數量，其餘的皆往坑道裡延伸，照亮血蝙蝠來襲的路徑。

事件發生得太突然，幾乎是一瞬間，比普通蝙蝠大上一倍的血紅色蝙蝠就露出猙獰獠牙，出現在眾人的視線裡。

「火球術，瞄準！放！」

魔法師們投擲出火球，精準命中第一波血蝙蝠，數十隻血蝙蝠在火光裡發出刺耳的尖叫，和火焰一同化爲灰燼，空氣裡瀰漫著難聞的氣味。

冒險者們並未因此得以喘息，更多血蝙蝠隨即湧上，嘶叫著衝來，劍士們紛紛舉起覆蓋鬥氣的長劍，或砍或斬攔下衝過火焰術攻擊的血蝙蝠，全心全意守護身後的同伴。

「火球術，預備！」魔法師們幾乎沒能稍歇，便接到準備進行下一波攻擊的指令。

第一次如此近距離面對戰鬥，希爾又急又怕，不過仍然努力地想幫上忙。這一回，他加入了魔法師的隊伍，和大家一起集中精神力，嘴上默唸：「來自深紅的卡特納拉，我在此呼喚你的名字。」

「火球術，瞄準！放！」

希爾的火球術已經不像開學時差點燒掉教室那樣，在控制上有了非常大的進步，火球大小適中、準確度足夠，若只論威力，甚至和高階魔法師們不相上下。

法洛沒有出手，他看著希爾施展火球術，嘴角揚起一絲笑意，散發溫暖光芒的小光球輕盈地飛舞。

「我很欣慰，你總算能正確地發出火球了。」

「謝謝你陪我練習。」聽到法洛的評語，希爾露出開心的笑容，但催促施放魔法的聲音又響起，於是他再度集中精神。

外圍的劍士們持續與血蝙蝠惡鬥著，就算曉得不能碰到血蝙蝠的血，然而在混亂的戰鬥中實在難以避免，不斷有人因此負傷。

「賽特需要治療，快！」

「以諾爾快不行了！」

「還有沒有人會治療術？」

請求治療的呼喊沒有停過，魔法師們分了一半的人手救治傷者，針對輕傷和中度傷勢的隊友施展治療術。至於那些重傷的，就只能狠下心，讓辛格里斯決定他們的命運了。

在希爾期盼的注視下，本想旁觀的法洛只好收起事不關己的態度，加入另一隊魔法師的行列，看似漫不經心地治療了幾個人——比較嚴重的那幾個。

那幾名傷者發現來治療自己的是大家瞧不起的魔法學徒，臉上都浮現了絕望之色，沒想到傷口卻以肉眼可見的速度癒合，他們的表情頓時變成不敢置信和感激。

「啊！」

這聲短促的叫喊並不明顯，然而法洛第一時間就注意到了。

「希爾？怎麼了？」

「沒事，被射歪彈回來的羽箭劃傷了。」

希爾嘴上說沒事，但法洛一轉頭便看見好友額上出現一道傷口，湧出的鮮血順著臉頰滴落在胸前。

「可惡！誰弄傷你的？」法洛惱怒地問。

「一點小傷而已，根本不痛。」儘管額上火辣辣地疼著，希爾仍是擠出笑容，除了不想讓法洛擔心之外，也怕他一怒之下牽連無辜的人。

英明的惡龍閣下近來已經極少表現出沒得商量的態度，可現在就是他認爲不能退讓的時候。他沉聲道：「過來，你需要治療。」

希爾原本還想著等這場戰鬥結束後再包紮，但聽到法洛不容拒絕的語氣，他只得乖乖走到法洛身前：「我沒事，你不要浪費太多魔力。」

一個比傷口範圍大上許多的光球覆上，希爾的袍子底下隱約有道白光一閃而逝，法洛的目光沒有偏移，僅是將治療的光球縮小了些。

的確不是很嚴重的傷，幾個眨眼的工夫就癒合了。

確定希爾眞的沒事，傳說中的惡龍這才放鬆表情：「脆弱的人類眞是麻煩。」

「謝謝你。」希爾無法反駁。比起龍族，人類的確脆弱得多。

收到感謝，法洛臉上綻出一抹自己都沒察覺的微笑：「這趟旅行太無趣，該回去了。」

「回去？可是這群血蝙蝠還沒解決——」

「那就解決牠們。」

法洛丟下這句話，沉下臉轉身要走，殺伐之氣一閃而逝。希爾心中一凜，趕緊問：「你打算怎麼做？」

「打個沒完煩死了，當然是去讓這場沒意義的戰鬥早點結束。」英明的惡龍閣下顯露出不耐煩的樣子。

「可是……」

如果法洛願意出手解決，那當然是件好事，畢竟局勢對冒險隊來說相當不利。但希爾忍不住擔心，要是法洛被揭穿身分該怎麼辦？

「可是什麼？」即使讀過了眾多幫助了解人類的書籍，法洛依舊不懂希爾的遲疑是爲什麼。

「低調一點，不要被識破身分。」希爾知道，面對跨種族的代溝，他還是直白地提醒會比較好。

原來是因爲這種事嗎？其實法洛一點也不在意被發現是龍族會有什麼後果，不過既然希爾特地叮囑了，他也從善如流地點頭答應：「好。」

法洛一個接一個撥開擋在前方的冒險者，那些大叔想拉住他，卻驚訝地發現自己的力氣居然輸給了一名魔法學徒。

他們不禁心想，難道是由於經歷了激戰，所以使出的力量不足嗎？

英明的惡龍閣下氣勢不凡地來到最前線，嘴上喃喃唸著不明咒語，某位靠得近的大叔總覺得自己聽到了奇怪的話——

「眞想把這個礦坑轟掉，不行，要低調一點，不能被認出來……」

有哪個魔法是這種咒語嗎？肯定是聽錯了吧？

只見黑髮少年神態自若，沒有面對強大敵人的肅穆，更像是在處理一件能夠輕鬆解決只是有點麻煩的小事。不耐煩地吐出一句「眞麻煩」後，法洛右手平放在胸前，握拳，接著張手向前一推：「冰凍術！」

隨著話音落下，一道巨大的冰牆瞬間冒出，從法洛身前的地面往血蝙蝠所在的坑道延伸，隔開了冒險隊和血蝙蝠群，幾隻未被凍住的血蝙蝠也很快被眾人一擁而上撲殺了。

戰鬥至此總算能停下來喘口氣，劍士們身上或多或少都帶了傷，魔法師們也幾乎要耗盡魔力。慶幸的是雖然戰況激烈，但除了一開始陣亡的阿瓦德小隊，死亡名單沒有再添。

這時，眾人才有心思審視目前的情況，幾乎每個人都不敢置信地望著冰牆，以及站在冰牆前的法洛。

「太好了！冰牆把血蝙蝠隔開，我們安全了！」

「這好像不只是隔開？那些血蝙蝠好像不能動了？」

「是被凍住了！」

「什麼？竟然能把百來隻血蝙蝠凍住！這需要多少魔力？」

「大概需要十個以上魔力充沛的高階魔法師，或者一個大魔導士吧？」

「一個小小的魔法學徒竟能做到這種事？」

「而且在這之前，他還用聖光術幫隊伍照明了一段很長的時間……」

「年紀輕輕居然有如此的魔法實力？」

「是不是用了什麼厲害的魔法道具啊？」

法洛沒回話，眾人便當他默認了，魔法師們心裡因此好過了些。由於擁有高等魔法道具是一件極其難得的事，說不定會被有心人覬覦，法洛不願張揚，大家也可以理解。再加上他剛拯救了整個隊伍，所有人皆對他懷抱感謝之意。

留著絡腮鬍、肌肉賁起的冒險隊隊長熱情地向法洛說：「我是雷特曼，大家推派我爲這支隊伍的隊長。不好意思，之前覺得你們年紀輕，應該回學校去，所以冷落了你們。這位小勇者，謝謝你救了大家，請問你的名字是？」

聽到「勇者」兩字，法洛臉色一沉，不悅地說：「我不是什麼勇者。」

雷特曼愣住，頓時語塞，還好希爾發現狀況不對，趕緊上前幫忙回答：「他是法洛，我們都是帕米爾帝國學院的學生。」

希爾說完，拉了拉法洛，用嘴型無聲地說：低調，冷靜啊！

英明的惡龍閣下這才不情願地說：「知道了。」

「這樣啊，法洛，感謝你救了大家。」雷特曼並不介意法洛冷淡的態度，哈哈一笑就算了。

法洛沒想到會得到如此坦誠的道謝，一時有些招架不住，不確定該微笑還是繼續裝冷淡，最後僅是彆扭地說了句「沒什麼」，就別過頭和希爾一起走回伊恩和諾亞所在的地方。

伊恩和諾亞的臉上都是汗水和煤渣，披風也破了好幾處，不過看起來精神不錯。見法洛走近，他們馬上興奮地給予讚美，以擁有這樣的朋友爲傲。

「法洛剛剛眞的超帥的！要不是我的魔法資質非常差勁，都想要改成學習魔法了！」

「法洛，你眞厲害！」

至此，整支屠龍隊都曉得了，救下大家的人是個叫做法洛的魔法學徒。

「我們是不是該回去了？」一道讓希爾感覺熟悉的聲音從魔法師們之中傳出。

「是啊，可以回去了吧？」

屠龍隊的成員雖然大多經驗豐富，但經過長時間的高強度戰鬥，臉上也都有了疲憊之色，於是紛紛附和這個提議。

「糟糕，前方的路被血蝙蝠和冰牆封住不能走了，我們該怎麼回去？」

「這裡坑道眾多，肯定找得到其他回去的路，只要能找出正確路徑……」說出這番話的煉金術師聲音越來越小。

既然往回走的路不通，確實也只能繞路走，可是這礦坑就是座地下迷宮，該如何找出其他路徑？

「對了！王子殿下不是說他有赤影蝶嗎？有赤影蝶帶路的話，肯定可以找到出去的路。」

「但是方才危急的時候，侍衛隊已經保護著安東尼王子先撤退了。」

「赤影蝶在王子殿下身上，現在我們要怎麼走出去？」

一眾冒險者面露難色，陷入愁雲慘霧。

「難道我們要被困在這裡了？」

「沒關係，糧食節省一些，肯定能撐過去找到出口。」

「是啊，總不能坐以待斃。」

一條路徑一條路徑慢慢試，只要別再遭遇其他危險，總是能找到出口吧？

只是花費的時間會有多長？而且眞的不會再遇上其他危險嗎？

除了血蝙蝠，據說這裡還有龍，不是嗎？

眼下的處境除了沒有立即性的危險外，實在是糟透了。

「法洛，你有沒有什麼辦法？」希爾始終對英明的惡龍閣下深具信心。

「我當然有辦法回到入口。」法洛的語氣不冷不熱，在這種時候聽起來卻像天籟。

原本冒險者們都不期待年輕的魔法學徒能派上什麼用場，沒想到法洛不只解決了一開始的照明問題，更冰凍了血蝙蝠，眼下還說能帶大家走出礦坑。

「你打算怎麼出去？」

「我的光球除了照明，也可以幫忙指路。」

「原來這個能指路？」

劍士們被唬得一愣一愣，然而魔法師們可沒那麼容易信服：「不可能，聖光術不是這樣用的吧？」

「相信的人就跟著。」法洛沒有要解釋的意思，畢竟他不可能坦承他是精神力強大的龍族，早已將感知透過這些光球延伸出去，找到一條通往洞口的路。

「我跟你走。」希爾第一個出聲，他自然信任法洛。

「法洛，我們也跟你走。」伊恩和諾亞同樣信任自己的朋友。

冒險者們你看我、我看你，拿不定主意。此時，身為隊長的雷特曼站了出來，大聲說：「法洛剛剛救了我們，也許他可以再帶來另一個奇蹟。」

「就相信他吧，也沒有更好的辦法了。」

有些人還遲疑著，不過在這種情況下，有人說能帶大家出去，也只能姑且相信。於是冒險者們迅速收拾行囊，簡單包紮好傷口，就要跟著法洛走。

見有幾個人杵在原地不動，一人開口催促：「還等什麼？快點走啊！」

「王子殿下怎麼辦？」

「他有赤影蝶，總不可能走不出去吧？」

「可是，如果王子殿下遇到了危險呢？我們不能丟下他獨自離開。」

「你確定不是他丟下我們嗎？」一個高傲的嗓音反問，大家轉過頭去尋找，在戴著斗篷兜帽的魔法師們之間發現說話的人。

「你是誰？報上名號來！怎麼如此汙蔑王子殿下？」

「是不是汙衊，到時候就曉得了。」對方毫不退讓地表示，隨即拉下兜帽，露出俊俏的年輕臉龐，「我是海曼。」

海曼身邊的人跟著拉下兜帽，不意外地是海曼的好友尼爾。希爾這才想起，原來稍早他聽到的那道熟悉聲音，正是屬於這位同班同學。

「那個金髮的孩子是舒特商會的繼承人嗎？」紅土大陸上的大商會也不過幾個，

冒險者們對海曼的名字早有耳聞。

「肯定是吧？瞧他那副不可一世的樣子，八成是從小被慣出來的。」

「他和紅石家的那位，之前不是一直跟著王子殿下嗎？怎麼這時候會刻意說王子殿下的壞話？」

「難道是因爲安東尼王子撤退時沒帶上他們，所以他們才口出惡言報復？」

海曼年紀輕，又沒立下什麼特別的功蹟，冒險者們對他的話多半存疑。聽著眾人質疑的話語，海曼臉色轉紅，氣憤地想衝上前理論，卻被一旁的尼爾勸住：「海曼，別說了，讓事實證明一切吧。」

這時，灰鬍子魔法師輕咳一聲：「各位，請聽我說。我們先想辦法往入口走，或許會碰到王子殿下，若沒遇上，至少可以把消息帶出去，稍作休整後帶著更多人與更完善的裝備回來尋找王子殿下。」

「就這樣吧。」隊長雷特曼第一個附和，大家也都不想繼續待在這個危險的坑道了，於是一致贊同。

希爾不確定法洛是帶大家走了一條沒有魔物的路徑，又或者是用了什麼辦法，把路上的魔物都清除掉了，總之在法洛的帶領下，八十人順利地穿過一條又一條曲折的坑道，抵達來時的入口。

當意識到空氣越來越清新，周圍也開始出現眼熟的記號時，眾人的心情不禁爲之振奮，然而當他們看清楚入口的狀況後，又瞬間愣住。

「礦坑入口被封住了！」

光球將周遭照得十分清晰，冒險者們望著那從外面堵上的巨石，一臉不敢置信。他們好不容易躲過血蝙蝠的攻擊，拖著疲憊不堪的身體走出了地下迷宮，如今竟被困在洞口前？

突然，圍繞在隊伍周遭、用來照亮坑道的光球熄滅了，整個空間隨即陷入一片黑暗。

「怎麼了？發生什麼事？」面對突發狀況，大家都嚇了一跳，紛紛高聲詢問並提起武器戒備。

一陣金屬碰撞聲以及翻動行囊的聲音過後，坑道裡漸漸亮起幾個光點，持有月光石的冒險者又把石頭拿出來照明。

確定了沒有魔物襲擊，不少人看向法洛所在的位置，關心地問：「法洛呢？他還好嗎？」

「沒事的，法洛他應該是……睡著了。」希爾對這個情形並不陌生，他已經習慣隨時留意法洛的動靜，以便及時接住法洛倒下的身軀。

法洛一進入坑道就負責照明，中途還治療重傷者、阻隔血蝙蝠，最後更領著大隊人馬走出礦坑迷宮，這麼一趟下來消耗了大量魔力，能撐到現在才因爲魔力不支陷入沉睡，已經出乎希爾的預料。

法洛睡著了，光球失去操縱者，自然就熄滅了。

「法洛怎麼了？需要治療嗎？還是恢復劑？」見法洛倒在希爾懷裡，雷特曼趕緊上前查看，隨即又朝身後喊，「這裡需要協助！快來幾個還有魔力的魔法師和煉金術師！」

法洛的身體太重，希爾只好讓法洛半邊身子靠著自己，再慢慢帶著法洛席地而坐。他觀察了下法洛的臉色、呼吸跟脈搏，確認法洛和之前昏睡時是同樣的狀態，這才放心地向眾人說：「大家不用緊張，法洛只是太累了，需要休息。」

「反正到洞口了，很快就能出去，不用擔心。」

雷特曼溫言安慰了希爾幾句，接著著手處理洞口被巨石堵住的問題。他指派了三、四支小隊，眾人輪番上陣或推或撞，那塊巨石卻仍一動也不動。

「不如用魔法試試看？」有人提議。

「對啊，如果是威力強大的魔法，應該就能擊破這塊巨石了。」

雷特曼點點頭，採納了提議，走近魔法師隊伍高聲詢問：「有沒有哪位擅長擊破類魔法的？」

「交給我吧，大家退後。」一名高階魔法師自告奮勇，走到了巨石前。

只見他站在大家讓出的空地中央，手上捏了一個咒印，將魔力聚集在指尖，口中喃喃唸著咒語，再向前用力一推。

「裂石術！」

隨著話音落下，整個礦坑裡的空氣彷彿瞬間被吸納，化爲一道強烈的颶風往巨石撞去，所有人連忙轉過身掩住面部，準備避開揚起的碎石和粉塵。

但預期中的事情卻沒有發生，颶風碰上巨石，就像棉花糖碰上水一般，轉眼化開不留痕跡，反倒是施術的魔法師被溢散的魔力反彈重擊，噴出一口血。

「啊！」

聽見驚叫，大家立即回過身，只見那名高階魔法師悶哼一聲，倒了下來，幾個仍有體力的劍士衝過去查看，魔法師們也上前施展治療術。

「怎麼會這樣？」雷特曼臉色凝重地望向灰鬍子魔法師，「您怎麼看？」

閱歷豐富的灰鬍子魔法師走向前，把手掌貼上巨石，閉眼以感知探查了半晌後，嘆了一口氣，睜開眼睛轉身對大家說：「洞口應該是設下了不能從內部使用魔法破壞的禁制。」

「什麼！」

「怎麼會這樣？我們還沒出去呢，怎麼就把出口封住？」

「是不是有什麼誤會？以爲我們出去了？」

「哪可能有什麼誤會，我們這一大票活人都不見蹤影，怎麼能誤會？」

「難道是爲了封住血蝙蝠，所以……我們被犧牲了？」這個理由十分冠冕堂皇，然而當自己是被犧牲的那方時，就沒有人能接受了。

「不用猜了，他絕對是故意的。」海曼又出聲了。他拿著一顆特別明亮的月光石站在魔法師的隊伍裡，面對如此情景，他毫不訝異，語氣肯定，「安東尼多半沒打算讓我們活著。」

「王子殿下不是那樣的人吧？」在這之前，安東尼王子的形象不錯，因此有幾個冒險者幫他說話。

「你怎麼能確定他不是那樣的人？如果權力地位受到威脅，誰知道他會做出什麼樣的事？」海曼語帶不屑。

隊長雷特曼看不下去，站出來反問：「我們只是一般平民，怎麼會威脅到王子殿下的地位？」

「天曉得，也許是因爲我們裡面有這樣的人？反正這也不是他第一次滅口了，大家還記得跟著他進入眞實之境的侍衛，都『受到詛咒』了吧？」海曼特別強調了「受到詛咒」四個字，此時提起這個傳言，顯得內情特別不單純。

有個反應快的人好奇地問：「難道……那些侍衛的死是人爲的？有證據嗎？」至於是哪個人做的，答案已經不言自明。

「他是王子殿下，想殺誰還會留下證據嗎？」海曼的話裡充滿譏諷。

「目前是沒有證據，可是我們和他一起進入過眞實之境。」尼爾雖然不愛出風頭，但到了這種時候，他還是決定把話說清楚，「也就是說，我和海曼知道他沒有拔出寶劍的原因。」

眾人的好奇心被挑起，不約而同地問：「是什麼原因？」

「這是不能公諸於世的祕密。」尼爾停頓片刻，環顧周圍的冒險者們，淡然一笑，「我們原想替王子殿下保守祕密，然而如今他爲了滅口，居然泯滅人性把大家困在礦坑裡。害這麼多人和我們一起被關在這裡，我們也只好把祕密說出來了。」

「快說吧！」眾人紛紛催促，有如在酒館裡催促吟遊詩人別賣關子。

反倒是一向衝動的海曼臉上微露訝異，神情凝重地問尼爾：「這件事關係重大，眞的要說嗎？」

「再不說的話，可能就沒機會說了。」尼爾沉聲說。

聞言，海曼一陣默然，最後他顯然也決定豁出去了，違背貴族的教養憤慨地罵了句粗話。

「那天，我們在眞實之境裡的確發現了亞瑟國王的寶劍，那把劍插在石製的平臺上，被禁制所封印，而旁邊有座石碑寫著解除禁制的方法。」

「方法很困難嗎？」大家都猜想，能難倒王子殿下的禁制肯定不尋常。

「對他來說，應該是很簡單的。」尼爾笑得神祕，要不是他是紅石商會的第二順位繼承人，光憑這吊人胃口的本事，實在很適合去當吟遊詩人。

「既然很簡單，怎麼會沒帶出劍呢？」

「哼，他一開始肯定也以爲很簡單，八成沒想到會是這種結果。」海曼又忍不住嘲諷。

尼爾微微點頭表示同意，接著再次環顧專注傾聽的眾人，語氣慎重、語速和緩，確保每一個字都清晰傳達：「拔劍之人需要擁有王室血脈，必須是亞瑟國王的後裔。」

瞬間，所有人都瞪大眼睛，露出震驚的表情。

如果王子殿下無法破除亞瑟國王留下的禁制，那不就表示……他不是王室的血脈？

若安東尼不是王室的血脈，那麼他將失去王儲的身分——這一點已經足夠說明許多事。

爲什麼一起進入眞實之境的侍衛們會受詛咒而死？爲什麼礦坑唯一的出口會被巨石堵上，還設下魔法禁制？

「是我們連累了大家。」尼爾一邊說，一邊拉著海曼向大家鞠躬道歉。海曼個性雖然高傲，依舊懂得是非曲直，對於牽連這麼多人，他心裡也感到過意不去，順從地垂下頭和好友一同低聲說：「對不起。」

「這不能怪你們。」

「你們是無辜的。」

「對啊！誰知道王子殿下那麼狠心。」

與此同時，在一個不被注意的角落，諾亞驚愕地低呼：「也就是說，拔出寶劍的人有王室血脈？伊恩，你和希爾——」

「現在不是討論這件事的時候。」伊恩阻止諾亞繼續說下去。

「嘿，你就不好奇嗎？」諾亞一副掃興的樣子。

「應該是希爾，畢竟我從小就和哥哥一起旅行，不可能和王室有關係。」伊恩臉色如常，心平氣和地表示。

「你應該回去問問納特，假如你是王族，可別把我這個朋友給忘了。」

「沒有的事情，在說什麼呢？」伊恩露出困擾的表情。

「你還記得和國王陛下共進晚餐時，王子殿下曾問過是誰拔出寶劍嗎？」

「嗯。」伊恩點頭。

「現在想起來，突然覺得可怕了。我猜有個可能性，除了海曼和尼爾，王子殿下或許還想把拔出劍的人也一起堵死在礦坑裡？只要捏造成一場意外事故，祕密洩露和失去王位的風險就都解決了。」諾亞平常在鹹派鋪幫忙，聽多了街坊市井那些曲折離奇的軼聞，很快就推導出一個合情合理的故事。

聽了諾亞的推測，伊恩的臉色變得沉重，但顯然仍不想在這個話題上多談。他深吸一口氣平復心情，指著洞口的方向：「現在眞的不是談論這些的時候，眼前最重要的是離開這裡，我們快去看看能幫上什麼忙吧。」

「好吧。」身爲多年好友，諾亞深知伊恩的個性就是如此，雖然有點不滿，不過他隨即打起精神，和伊恩一起去前方關心情況。

洞口前聚集了以雷特曼爲首的一眾冒險者，各個埋頭苦思逃離的辦法。

「如果不能用魔法從內部破壞，那我們該怎麼出去？」

「不能用魔法的話，那就只能靠人力了。」

「一點一點挖，我就不相信挖不開。」

「是啊，都到這裡了，沒道理被困住。」

大家你一言我一語，慢慢地又揚起了鬥志。在雷特曼的分配下，以劍士爲主力，眾人分組輪流進行挖掘，而魔法師和煉金術師不擅長勞動，便被分派到治療和補給的任務。

所有人在月光石微弱的光線下各司其職，縱使挖掘的進度緩慢，但沒有人放棄希望，全都相信出去只是早晚的事。

挖了一陣子，坑道裡驀地傳來刺耳的嘶叫聲，這個聲音大家當然沒忘，瞬間就頭皮發麻、冷汗直冒。

「快！快武裝起來！血蝙蝠來了！」一些人高喊著拿起武器，迅速組織隊形。

「快挖！挖開洞口！離開這裡就沒事了！」另一些人則擠在一起，更拚命地挖著被堵住的洞口。

「嘶——」聲音更加逼近，大量血紅色的影子出現在坑道另一頭。

以爲只要挖開洞口就能離開的想法，讓眾人過於鬆懈，以至於這場突如其來的襲擊造成了嚴重的混亂，即使雷特曼和灰鬍子魔法師努力地控制局面，驚慌的尖叫和怒吼仍不停迴盪。

英明的惡龍閣下持續沉睡著，棕髮的魔法學徒試圖喚醒他，卻以失敗告終。

看著急速變大的紅影，希爾感覺自己的血液像是凝結了，腦中思緒卻異常清明，彷彿有個懶洋洋的聲音附耳對他說著「說不定哪天派得上用場」。

血蝙蝠的嘶叫聲近得如在耳邊，也因爲距離接近，冒險者們都可以清晰地看到翅膀上的骨架。

就是現在！碎空！

當大家以爲這次肯定死傷慘重的時候，希爾離開法洛身邊，往血蝙蝠所在的方向跑，和第一線的冒險者並肩而立。

一名劍士大叔發現身邊居然來了個瘦弱的魔法學徒，皺眉大喊：「危險！快回去！」

其實希爾很害怕，可是他不想只被人保護，儘管他明白自己不像法洛那麼厲害，但只要能幫上一點忙，他就願意去做。

就算怕得身體微微顫抖，他依舊堅定地拿出納特給的那個小首飾盒，打開盒蓋朝向那些血蝙蝠，同時往盒中注入一點魔力。

「碎空！請收下這些血蝙蝠！」

一道湛藍光芒從盒子裡射出，籠罩了血蝙蝠群，嘶叫聲瞬間凝滯，硬生生地被截斷，接著和牠們的身影一起被藍光吞噬。

希爾見狀，趕緊蓋上首飾盒的蓋子——

危機就這麼解除了。

面對出乎意料的逆轉，冒險者們都吃驚得闔不攏嘴，此時洞口傳來一陣巨響，碎石轟隆隆地不斷落下，整個坑道都在震動，似乎就要崩塌，飽受摧殘的眾人心裡閃過「這次不知道又是什麼災難」的絕望念頭。

沒想到，久違的光線冷不防灑落，大家都怔住了，驚訝地望向開了一個大洞的洞口。

礦坑外陽光燦爛，眾人適應了漆黑洞穴的眼睛驀地接收到明亮的光線，頓時覺得刺眼。他們反射性閉上雙眼，反而更能感受到陽光的溫暖，猶如重回光明神的懷抱。

「大家還好嗎？雷特曼？費莫林？希爾？孩子們？」一個熟悉的聲音從洞口外傳

來，穿著大魔導士袍子的老者出現在大家的視線裡。

「校長！」屠龍隊裡半數以上的冒險者都出身自帕米爾帝國學院，一看到科米恩便異口同聲地喊了校長。

「我們在這裡！」雷特曼高興得跳起來，朝科米恩揮手。

「老柯，你來得眞夠慢的。」灰鬍子魔法師沒好氣地說。

「老費，年紀大就算了，別眞的變成老廢物啊！」

「我記得你還比我大上幾歲吧。」費莫林瞪著眼睛說，和藹睿智的形象蕩然無存。

「哈哈，有那個力氣抬槓，不如先出來吧，等這件事結束後，有的是時間聊。」科米恩拍了拍費莫林的臂膀，心裡很爲老友沒事而開心。

科米恩身後是學院的教職員們，他們靠了過來，開始協助冒險者們離開礦坑，來到外頭布置好的空地休息，同時也檢查並治療傷者。

伊恩和諾亞一人拉起法洛一邊的手臂搭在自己肩上，帶著沉睡不醒的法洛和希爾一起移動至洞外的空地。

「總算安全了。」希爾這才鬆了一口氣，感覺如獲新生。

「能活著出來眞是太好了！」

「這一趟發生太多事了。」

三人餘悸猶存，此時科米恩走過來對希爾說：「希爾，謝謝你，還好有你發訊通知，才能避免更多人遇害。」

「我一直很擔心校長會不會沒收到訊息，畢竟那個道具實在長得太像石頭了。」

「雖然樣子不起眼，但眞的是發信器。」科米恩不好意思地抓了抓頭，呵呵一笑，「下次改進，再給你一個？」

似乎得到什麼道具就會遇到大事派上用場，希爾覺得自己還是必須和這些與危險有關的道具保持距離，急忙拒絕：「不，不用了，我明白校長您是一片好意，但我只想平靜過日子。」

「孩子，你會用到的。」科米恩笑得慈祥，希爾卻笑不出來。

究竟是什麼原因讓校長認爲，自己還會需要求救用的發信器？

「希爾，是你通知校長來的？」諾亞好奇地問。

「嗯，校長之前給了我一個危急時能使用的發信器。」

原來，當雷特曼指揮著眾人挖開洞口時，希爾想起了身上有校長給的求救道具，於是默默地從口袋裡找出來。那時他緊緊握住了小石頭，生怕一不小心掉到地上和其他石頭混在一起，就再也分辨不出來。

趁著沒人注意的時候，棕髮的魔法學徒強迫自己收斂心神，在手上聚集魔力，感覺手中的小石子隱隱發熱。接著，他朝手中的石頭呼救，每隔一段時間就重複一次，直到血蝙蝠再度來襲。

凡諾斯提著一籃子的體力和魔力恢復劑分送給屠龍隊的成員們，很快輪到了希爾三人：「這裡有恢復劑。」

「謝謝。」伊恩和諾亞接過體力恢復劑。

「還有魔力恢復劑。」凡諾斯遞給希爾。

「好的，謝謝。」希爾接過一支恢復劑。

凡諾斯看了一眼沉睡的法洛，又拿了一支恢復劑給希爾：「這支給法洛。」

「他不用。」希爾下意識拒絕。魔力恢復劑裡含有大量冰珀草，經過上學期的教訓，他再也不會忘記法洛不能吃冰珀草。

「哦？為什麼？」灰髮的魔法理論教授微露訝異。

「那個……」希爾愣住，傻笑了一會才想到一個理由，「我的意思是他睡著了，不必喝恢復劑，還是讓給有需要的人吧。」

「這樣啊，我明白了。」凡諾斯對希爾笑了笑，轉身繼續分發恢復劑。

不久，格菲爾的守城軍和王宮侍衛隊抵達，訓練有素地處理善後和調查事件經過，舒曼商會和紅石商會的馬車也很快來把海曼和尼爾接走。

夕陽西下，天色漸漸轉紅，礦坑外的冒險者們臉龐染上溫暖的紅暈，伴著笑語彼此打鬧，顯得和樂融融。

經此一役，大家都有了過命的交情，幾乎每個人都想找法洛道謝。

幸好不善於應付這種場面的惡龍閣下正沉睡著，否則不知道他會有多不知所措。

尾聲

後來，廢棄礦坑裡的血蝙蝠由兩大公會組織的冒險隊撲滅了大半，並且封印了洞口，確保不會有血蝙蝠逃出。而在礦坑裡不幸罹難的二十位冒險者，在經過祭司祝禱後就地火化，遺骸葬於城外的冒險者墓園。

格菲爾的酒館內，沒有人關心不再拍賣的龍血，也沒有人討論如何加入屠龍隊了，最新話題是關於被萊恩國王下令禁足的安東尼王子，以及王子殿下的血緣之謎，當然，也聊到了目前魔法學院裡有個魔法實力媲美高階魔法師的魔法學徒。

魔法學院的宿舍中一派安詳，沒有伸手不見五指的黑暗、沒有血蝙蝠的威脅、沒有找不到出口的地下迷宮，人生的難題和壓力只剩下準備期中考。除了埋首書桌前熟讀課本內容外，只需要偶爾跑腿買蘋果汁。

希爾突然非常滿意這樣的生活，連買蘋果汁都變得特別勤快，有時候一天甚至買上十多次，讓異常喜愛蘋果汁的法洛都受不了，叫他別買了。

此刻，英明的惡龍閣下正愜意地坐在窗臺邊，時不時晃一下令人嫉妒的一雙長腿，姿態悠閒地一邊啜著蘋果汁，一邊讀著小蝴蝶們借來的《縮短睡眠時間的一百種方法》。

希爾念書念到一個段落，從書桌前站起來伸了個懶腰活動筋骨，就要往門外走，看似沒怎麼注意他的法洛立即出聲：「你要去哪？」

「買蘋果汁。」

「我還沒喝完，買什麼？」一聽希爾又要去買蘋果汁，法洛差點沒嗆到，緩過一口氣後，他讓自己別去看書桌上還擺著的五瓶蘋果汁，對希爾招手，「過來。」

「什麼事？」

法洛將蘋果汁和書隨手放在窗臺上，看著希爾認眞地說：「我需要一點你的血。」

「什麼？我是不是聽錯了？你要我的血？」希爾大驚失色。

法洛爲什麼要需要他的血？難道傳說中的惡龍改變心意想吃人了，所以先從嚐嚐血的味道開始？或者難道是蘋果汁喝膩了，所以想換口味？

「先把你那個吊墜拿出來。」

雖然不曉得法洛要做什麼，基於信任，希爾仍是順從地把手伸進衣領內，拿出掛在銀鍊上的吊墜遞給法洛。

英明的惡龍閣下接過去，指尖聚集魔力，在希爾的手心劃開一小道傷口，希爾吃痛低呼了一聲。

手心流出的血液染上吊墜，隨即白光一閃，希爾的傷口已經被法洛用治療術治癒，連疤痕都沒留下。

法洛安撫地說：「沒事。」

「為什麼要這樣做？」希爾眨了眨眼，弄不清楚狀況。

「我發現解開禁制的方法了。」法洛有些得意地說，手上再次匯聚魔力，將魔力注入吊墜。

作為吊墜的魔法石很快發出白色光芒，光芒範圍越擴越大，一名棕髮成年男子的影像出現。男子眉目端正，面帶淡淡微笑，第一眼就予人好感，他的身形修長結實，英姿颯爽，從穿著可以判斷他是名劍士。

「啊！我在圖書館裡的資料裡看過……」意識到眼前人物的身分，希爾瞪大了眼睛，不敢相信自己所看到的。

而法洛望著那個人，眼神有種說不出的複雜，似乎交織著想念、開心，以及——埋怨。

棕髮男子注視著前方，開始說話。

「我是阿爾法特，觸發這個道具的鑰匙是我的後代的血，和法洛的魔力。事實上，我希望這個影像永遠都不要被觸發，但是既然被看到了，就代表你應該遇見他了。是的，孩子，我是把你抵押給法洛了，因為那時候我有更重要的事必須去做。」

阿爾法特的表情帶著愧疚，卻沒有懊悔。說到這裡，他略一停頓，眼神飄向遠方，像是陷入了回憶。

「法洛個性是差了點，不過其實是隻好龍，心思挺單純的，否則就不會被亞瑟騙了。我不想騙他，可是我也被亞瑟那一套唬了，當我發現的時候，法洛已經和薩特曼兩敗俱傷。」

阿爾法特沉默了片刻，說不出是哀傷還是悔恨。深吸了一口氣，他把目光轉回前方，彷彿正注視著希爾。

「不知道你是我哪一代的後代，很抱歉，契約的力量是不可違逆的，你就當作是爲了紅土大陸的和平犧牲一下吧。」

接著，他猶疑地四下瞧了瞧，最後隨便看向一處。

「法洛，你應該正在看著吧？我的後代就拜託你照顧了。」

法洛臉色難看，悶聲說了句：「還用你說？」

相隔千年的阿爾法特自然聽不見法洛的回答，他繼續說：「對了，法洛，還記得我托你保管的那把鑰匙嗎？我把那個東西放在那裡了，你也清楚，我和西邊那幫傢伙鬧翻了，幫我一個忙，把那個東西還回去吧，我就當你答應了。」

說著，阿爾法特的影像閃了閃，變得有些模糊。

「時間不夠了，魔法石能儲存的影像長度有限。最後，我還是想說一句……」

阿爾法特微微一笑，神情感傷裡藏著一絲愧疚，輕聲說出了他所留下的最後一句話：「法洛，眞的有點想你啊。」

說完這句話，阿爾法特的影像就消失了。

希爾目瞪口呆地盯著影像消失的地方，不敢置信地問：「剛才那位是開國勇者阿爾法特嗎？」

「是他。」法洛點頭。

既然法洛這麼說了，那就肯定不會錯，畢竟這世上見過阿爾法特本人的，大概也只剩下傳說中的惡龍了。

「原來我的祖先真的是阿爾法特？」

法洛一臉理所當然：「我以為我和你之間的主僕契約能成立，就已經足夠說明這一點？」

希爾雖然知道，但知道是一回事，有沒有接受又是另一回事。他定了定神，回想阿爾法特留下的訊息：「阿爾法特托你保管的鑰匙是？」

「就是給老頭的那把。」

「你是說……用來和校長交易入學許可的眞實之境鑰匙？」希爾推敲著，見法洛點頭，他又覺得好像有哪裡不對勁，「交給你保管的鑰匙，你居然拿去交易？」

「反正阿爾法特沒說要保管多久，既然那老頭是校長，那就是眞實之境的守護者，交給他沒什麼不行。」

法洛這麼一解釋，似乎也挑不出錯。

「所以，阿爾法特是爲了讓你去取那個東西，才把鑰匙交給你的？」

法洛輕笑一聲，回應得模稜兩可：「也許吧？」

「怎麼了？」

「現在除了用原本的鑰匙，還能用那把鳥鑰匙進入眞實之境。我想起來了，那是亞瑟的鑰匙，怪不得我老看那隻鳥不順眼。」

「碧眼怎麼了？」希爾疑惑地問。

「不曉得那個東西是在阿爾法特交給我鑰匙前放進去的，還是之後才放進去的。」法洛眼中光芒閃動，似乎正在認眞思考這個問題。

「有差別嗎？」希爾弄不清其中的區別，但法洛顯然不打算解釋更多，於是希爾又問，「我們還去取那個東西嗎？」

「當然去。」

（未完待續）

番外　關於養寵物這件事

帕米爾帝國學院是帝國的首席學院，專門培育優秀的魔法師和劍士，才開學不到一個月，每個教授都開出了大量的書單和作業。

棕髮的魔法學徒為了查找中階解毒劑的資料，在圖書館裡待了大半天，最後他連拖帶扛，好不容易把十幾本參考書籍帶回宿舍，可是當他打開房門時，看見了詭異的畫面——

英明的惡龍閣下沒有在看書，也沒有在喝蘋果汁，更沒有陷入沉眠，而是正坐在窗邊逗弄一隻體型有點大的鳥。

見希爾回來，法洛微笑起身走近，手臂抬起在胸前，那隻鳥飛過來停在他的手臂上，接著他把手遞向希爾：「給你。」

希爾瞪大眼睛，指著法洛手上的鳥：「鷹、鷹尾獸？而且看起來有點眼熟……這不是疾風嗎？」

他還記得剛開學時曾在課堂上被這隻鷹尾獸追著攻擊，雖然牠的羽毛掉了不少，看起來像經歷了一場惡鬥，但那不屑的眼神他記得很清楚。

「你想養鳥，所以我就帶牠回來了。」

「我有說過想養鳥？」

「你的舉動很明顯地說了。」

希爾想起來了，因為魔物親和性變差，他在魔物學的課程中各種受挫，於是照顧碧眼時展現了異常的熱情。大概就是因此讓法洛以為他想養鳥吧？

「這其中一定有什麼誤會！疾風在北院獵場好好的，你怎麼把牠抓來了？」

感受到希爾的困惑，法洛不疾不徐地解釋：「放心，我有徵求牠的同意，牠很開心地答應了。」

然而當法洛說出這番話時，疾風一臉悲憤地用力搖頭。

「牠看起來不像很開心的樣子。」希爾相信自己的眼睛。

「你不開心嗎？」法洛轉頭問疾風。

原本對著希爾趾高氣昂的鷹尾獸瞬間溫馴得像隻兔子，乖巧地搖了搖頭，還討好地蹭蹭法洛的手。

「你看，牠沒有不開心。」法洛得意地說。

「可是牠也沒有開心。」希爾誠實地表示。

法洛聞言，又問疾風：「你開心嗎？」

只見疾風哀怨地瞪了一眼希爾，乖乖頷首。

法洛滿意地點頭，隨即對希爾說：「牠很開心。」

希爾頓時無語了。

英明的惡龍閣下發現希爾並沒有預想中高興，不解地問：「你不喜歡牠嗎？」

雖然不討厭，可是誰會喜歡一隻攻擊過自己的魔物？希爾認為有必要提醒法洛這個事實。

「我記得是牠不喜歡我，你說過我現在跟魔物的親和性很差。」

「魔物親和性是很差，但牠怎麼會不喜歡你？」法洛眼神一冷，沉聲問疾風，「你不喜歡希爾嗎？」

已經掉了一些羽毛的鷹嘴獸如臨大敵，急忙搖頭，由於搖動幅度太過劇烈，羽毛又隨著動作落下許多，而後牠還討好地飛到希爾肩上，親暱地蹭了蹭他。

「你是不是對牠做了什麼？」希爾瞇起眼睛打量疾風。牠的身上沒有傷口，不過很顯然經歷過一場苦戰，模樣特別狼狽。

「沒有。」法洛不知道從哪學來的，居然用上了無辜的眼神。

希爾一瞬間有些心軟，覺得自己似乎錯怪法洛了，可仔細一想，習慣自由的鷹尾獸怎麼會突然想當寵物？這分明不合理。

所以希爾再問：「什麼都沒做？」

「我和牠約定，打輸了就要當對方的寵物。」英明的惡龍閣下說這句話時，臉不紅氣不喘，彷彿這是場公平的決鬥——不要期待傳說中的惡龍有不恃強凌弱的騎士精神。

希爾越想越不對：「疾風答應和你決鬥？」

「牠敢不答應？」法洛看了疾風一眼，可憐的鷹尾獸委屈地低下頭。

龍和鷹尾獸之間懸殊的實力差距，使得決鬥的結果毫無懸念，若不是法洛想讓疾風當希爾的寵物，說不定牠早就在龍之吐息下化為焦炭，連一根羽毛都不會留下。

事已至此，希爾只能無奈地說：「好吧，如果牠是自願的，那就只好收養牠當寵物了。」

「當然是自願的。」法洛理所當然地代替疾風回答。眼看禮物即將被收下，他心情極佳，彎起嘴角、神情得意，一副「我對你很好吧」的樣子。

「謝謝。」收到禮物要道謝是禮貌，即使法洛送的禮物總是很微妙。

「你喜歡嗎？」這句話雖然是問句，語氣裡卻充滿了期待肯定答案的意味。

假如回答不喜歡，會不會有生命危險？

應該不會，可是法洛會很失落吧？

而且天曉得法洛會不會因此拐來更多其他的「鳥」，以求得到褒獎。

希爾遲疑片刻，心裡轉過許多念頭。

念在法洛是一片好意，再加上疾風仍蹭著他，於是希爾伸出手，試著摸摸疾風的頭和背部。見疾風舒服地瞇起眼睛，他不禁覺得十分療癒。

「喜歡，謝謝你們。」無論是關心他的法洛，還是被拐來的疾風。

法洛滿意地點點頭：「就知道你喜歡。」

「但我有一個請求。」

「說吧！」法洛現在心情很好，他心想就算希爾要求休息兩天不買蘋果汁，他也是可以答應的。

「我想把疾風養在北院獵場裡。」

「爲什麼？這樣就不能隨時玩牠，不，應該說就不能隨時和牠玩了。」

「二年級的作業量是一年級的兩倍，而且我還需要寫兩人份的作業，沒有多餘的心力去照顧疾風。把牠養在北院獵場裡，牠可以自己照顧自己，這樣不是很好嗎？」

法洛挑挑眉，不以爲然：「我看你把碧眼照顧得挺好的。」

「碧眼不需要眞的吃東西，還是有區別的。」希爾解釋完，轉頭對疾風說，「疾風，你想回北院獵場嗎？」

被抓來後始終精神萎靡的鷹尾獸聽到希爾的話，馬上振奮精神，興高采烈地點頭。

法洛見狀別過頭，哼了一聲：「反正寵物是你要養的，你決定就好。」

「法洛，你要不要來點蘋果汁？」希爾明白法洛不開心，連忙討好地問。

「就這樣？」法洛臉色稍緩，有些心動，但仍猶豫著要不要就這樣被收買。

「還有蘭姆葡萄夾心餅乾。」

「好。」

後來，希爾覺得法洛難得費了心思拐騙來一隻鷹尾獸，這對龍族而言也是丟面子的事情，他要是就這麼放鳥歸林，好像是有點不領情，因此他和疾風約定好了，每個週末牠都要飛來宿舍窗邊。

雖然疾風完全不想靠近有龍在的宿舍，不過迫於生命威脅，牠仍舊聽從了希爾的提議。

每次希爾都會為疾風準備豐盛的水果餐，疾風卻很想告訴名義上的主人，牠其實比較喜歡吃肉。然而希爾準備得十分用心，又總是露出期盼牠吃完的表情，牠也只好默默享用了。

「你確定牠喜歡吃這些水果嗎？」在窗邊看書的法洛從書上收回視線，認眞觀察正在吃水果的疾風。

疾風沒想到，最討厭的龍居然細心地察覺了牠的喜好，牠發出雀躍的叫聲，輕輕拍了下翅膀表示開心。

「不喜歡嗎？」希爾困惑地打量疾風，「那該給牠吃什麼呢？」

「應該準備蘋果汁和甜點吧。」法洛語氣肯定。

希爾偏頭望向疾風，猶豫地問：「是這樣嗎？」

面對主人的詢問，疾風非常想反駁，可是有股巨大的威壓正朝牠釋放——如果反駁的話，鐵定會遭遇不測吧？

於是，原本興高采烈的鷹尾獸垂下英氣的尾羽，無奈地點頭。

即使不懂疾風爲什麼看起來不太開心，得到肯定的答覆，希爾仍趕緊出去採買蘋果汁和甜點。

沒多久，法洛、希爾和疾風聚在桌前，一邊喝著蘋果汁，一邊享用草莓奶油蛋糕，儼然是一幅和樂的畫面。疾風發現從沒吃過的草莓奶油蛋糕味道意外的相當不錯，於是牠愉快地翹起尾羽，蹭了蹭希爾傳達感謝。

「疾風很開心的樣子。」希爾沒有眞的把疾風當成寵物，但看到疾風開心，他的心裡也湧現溫馨的幸福感。

法洛已經把點心吃完，兀自盯著疾風，不知道在打什麼主意。而希爾轉向他問道：「法洛開心嗎？」

正在想該怎麼讓疾風早點回去的法洛這才回過神，對著希爾點點頭。

無論是點心還是希爾，他都很滿意。

「太好了。」希爾心中成就感暴增，他懷疑自己是不是有當保母的潛力。

沒多久，換法洛問希爾：「你呢？開心嗎？」

「和你們在一起，當然開心啊！」

希爾在內心虔誠地向光明神祈禱，希望這份平凡的小小幸福可以一直持續下去，他相信，光明神一定會應允的。

後記　第二次寫後記，就用訪問來代替吧

由於沒買到《第二次寫後記就上手》，所以這次的後記依然很艱難，還好法洛和希爾答應接受訪問。

那麼，以下就直接開始吧——

某落：「很高興邀請到兩位主角接受訪問，謝謝你們。（拍手歡迎）」

法洛：「據我所知，是沒用的作者寫不出後記——」

希爾：「這是祕密不能說出來！」

法洛：「這也不能說？人類眞麻煩。」

某落：「咳，那我們就直接進入提問吧！」

Q：對新學期的感想？

法洛：「沒什麼特別的感想。」

希爾：「和想像中完全不一樣！我眞的不是故意要燒教室的，沒想到最喜歡的魔物學居然變成最讓我受打擊的課，而且我一點也不想加入屠龍隊啊！」

Q：平常的休閒娛樂？

法洛：「看書、當一個好主人。」

希爾：「要寫兩人份的作業，所以沒有太多休閒娛樂的時間，不過因爲常常跑腿買蘋果汁，意外鍛鍊了體力，現在我一天可以跑腿三趟不覺得累。」

法洛：「既然如此，等一下再去買蘋果汁吧。」

希爾：「我好像說了什麼不該說的……」

Q：在宿舍換衣服時會避開對方嗎？

法洛：「爲什麼要避開？」

希爾：「呃，如果可以，會盡量避開。」

法洛：「哦？你爲什麼要避開我？」

希爾：「一開始是怕被龍吃掉，後來是怕被嘲笑身材……」

法洛：「所以現在不怕被我吃掉了？」

希爾：「不不不！我沒這麼說啊！」

Q：看過對方的裸體嗎？

法洛：「當然。」

希爾：「什麼時候？（驚慌失措）」

法洛：「很多時候，這有很難嗎？而且你看過我的，我看回去不是很合理嗎？」

希爾：「我什麼時候看過你的？」

法洛：「龍的原形時。」

希爾：「那不一樣！」

法洛：「裸體不就是沒穿衣服的時候嗎？要不然你要看我人形時的裸體嗎？」

希爾：「……不用了。」

Q：最想和對方一起做的事？

法洛：「遊歷紅土大陸。」

希爾：「只要沒有危險的事都可以。」

法洛：「眞的什麼都可以？」

希爾：「你想做什麼？（警戒）」

法洛：「到時候就知道了。（壞笑）」

Q：對彼此有好感嗎？

法洛：「有吧？畢竟是我唯一的僕人。」

希爾：「如果我說沒有，是不是會遭遇不測？」

法洛：「難道你對我沒有好感？」

希爾：「話不是這樣說的……雖然一開始是比較困擾，但是現在我很慶幸能遇見法洛。」

法洛：「嗯，你確實找不到更好的主人了。（得意）」

希爾：「……我從來沒有要找主人。」

Q：對於第三集有什麼期待？

法洛：「喝更多蘋果汁，吃更多美食和甜點。」

希爾：「希望可以過著平靜的生活。」

Q：謝謝兩位接受訪問，最後對讀者們說一句話吧？

法洛：「我答應過希爾不能再收僕人了，不過你們可以加入小蝴蝶後援會。」

希爾：「謝謝每一位讀者，感謝光明神讓我們相遇。」

以上，本次訪問到此結束，感謝法洛和希爾的配合。第三集就是完結篇了，希望大家可以繼續陪著這個故事，期待下次再見。

林落

城邦原創 長期徵稿

題材

(1) 愛情：校園愛情、都會愛情、古代言情等，非羅曼史，八萬字以上，需完結。
(2) 奇幻／玄幻：八萬字以上，單本或系列作皆可；若是系列作，請至少完稿一集以上，並附上分集大綱。

如何投稿

電子檔格式投稿（請盡量選擇此形式投稿）

(1) 請寄至客服信箱service@popo.tw，信件標題寫明：【投稿城邦原創實體書出版／作品名稱／真實姓名】（例：投稿城邦原創實體書出版／愛情這件事／徐大仁）
(2) 稿件存成word檔，其他格式（網址連結、PDF檔、txt檔、直接貼文於信件中等）恕不受理；並請使用正確全形標點符號。
(3) 請附上真實姓名、性別、聯絡電話、email、POPO原創網會員帳號、作者簡介與出版經歷。
(4) 請加入POPO原創市集（www.popo.tw/index）申請成為作家會員，並將投稿作品公開放上該網站至少4萬字，若想全文公開也可以。

紙本投稿

(1) 投稿地址：10483台北市民生東路二段141號6樓
城邦原創實體出版部收
(2) 請以A4紙列印稿件，不收手寫稿件。
(3) 請附上真實姓名、性別、聯絡電話、email、POPO原創網會員帳號、作者簡介與出版經歷。
(4) 請自行留存底稿，恕不退稿。
(5) 請加入POPO原創市集（www.popo.tw/index）申請成為作家會員，並將投稿作品公開放上該網站至少4萬字，若想全文公開也可以。

審稿與回覆

(1) 收到稿件後，約需2-3個月審稿時間，請耐心等候通知。若通過審稿，編輯部將以email回覆並洽談合作事宜，如未過稿，恕不另行通知。
(2) 由於來稿衆多，若投稿未過，請恕無法一一說明原因或給予寫作建議。
(3) 若欲詢問審稿進度，請來信至投稿信箱，請勿透過電話、客服信箱、部落格、粉絲團詢問。

其他注意事項

(1) 請勿抄襲他人作品。
(2) 請確認投稿作品的實體與電子版權都在您的手上。
(3) 如果您的作品在敝公司的徵稿類型之外，仍然可以投稿，只是過稿機率相對較低。

國家圖書館出版品預行編目資料

英明的惡龍閣下. 2：與稍微堪用的契約者／林落著. -- 初版. -- 臺北市；城邦原創出版：家庭傳媒城邦分公司發行, 2019.09
面； 公分

ISBN 978-986-98071-2-8（平裝）

863.57 108015086

英明的惡龍閣下02與稍微堪用的契約者

作　　者／林落
企畫選書／楊馥蔓
責任編輯／陳思涵

行銷業務／林政杰
總 編 輯／楊馥蔓
總 經 理／伍文翠
發 行 人／何飛鵬
法律顧問／元禾法律事務所　王子文律師
出　　版／城邦原創股份有限公司
台北市中山區民生東路二段 141 號 6 樓
電話：(02) 2509-5506　傳眞：(02) 2500-1933
E-mail：service@popo.tw
發　　行／英屬蓋曼群島商家庭傳媒股份有限公司城邦分公司
聯絡地址：台北市中山區民生東路二段 141 號 11 樓
書虫客服服務專線：(02) 25007718・(02) 25007719
24小時傳眞服務：(02) 25001990・(02) 25001991
服務時間：週一至週五09:30-12:00・13:30-17:00
郵撥帳號：19863813　戶名：書虫股份有限公司
讀者服務信箱 email：service@readingclub.com.tw
城邦讀書花園網址：www.cite.com.tw
香港發行所／城邦（香港）出版集團有限公司
地址：香港灣仔駱克道 193 號東超商業中心 1 樓
email：hkcite@biznetvigator.com
電話：(852)25086231　傳眞：(852) 25789337
馬新發行所／城邦（馬新）出版集團 Cité(M)Sdn. Bhd.
41, Jalan Radin Anum, Bandar Baru Sri Petaling,
57000 Kuala Lumpur, Malaysia.
電話：(603) 90578822　傳眞：(603) 90576622
email:cite@cite.com.my

封面插畫／高橋麵包
封面設計／蔡佩紋
印　　刷／漾格科技股份有限公司
電腦排版／陳瑜安
經 銷 商／聯合發行股份有限公司
客服專線：(02)2917-8022　傳眞：(02)2911-0053

■ 2019 年 9 月初版
■ 2022 年 10 月初版 2.8 刷
Printed in Taiwan

定價／250元

ISBN　978-986-98071-2-8

城邦讀書花園
www.cite.com.tw